DESEO

CHARLENE SANDS
Una noche olvidada

HARLEQUIN™

Editado por Harlequin Ibérica.
Una división de HarperCollins Ibérica, S.A.
Núñez de Balboa, 56
28001 Madrid

© 2016 Charlene Swink
© 2018 Harlequin Ibérica, una división de HarperCollins Ibérica, S.A.
Una noche olvidada, n.º 160 - 20.12.18
Título original: One Secret Night, One Secret Baby
Publicada originalmente por Harlequin Enterprises, Ltd.

I.S.B.N.: 978-84-9188-730-0
Depósito legal: M-31605-2018
Impresión en CPI (Barcelona)
Fecha impresion para Argentina: 18.6.19
Distribuidor exclusivo para España: LOGISTA
Distribuidor para México: Distribuidora Intermex, S.A. de C.V.
Distribuidores para Argentina: Interior, DGP, S.A. Alvarado 2118.
Cap. Fed./Buenos Aires y Gran Buenos Aires, VACCARO HNOS.

AUG - 2019

Capítulo Uno

No era una chica de las que tenían aventuras de una noche.

Emma Rae Bloom era rutinaria, trabajadora y ambiciosa, de todo menos aventurera. Era aburrida y nunca hacía nada que se saliera de lo predecible. Era comedida, fiable y paciente. Era doblemente aburrida. La única vez que rompió ese molde y lo hizo añicos fue hacía un mes, durante la desmadrada celebración del trigésimo cumpleaños de su vecino Eddie en el Havens de Sunset Boulevard. Se había desinhibido y había perdido la cabeza durante el tristemente célebre apagón de Los Ángeles y había acabado en la cama con el hermano de su mejor amiga, con el mismísimo Dylan McKay, el rompecorazones de Hollywood.

Se había enamorado perdidamente del hermano de Brooke en secreto desde que tenía doce años. Era mayor, tenía los ojos azules como el mar y una barba incipiente, la había tratado con consideración y le había dado una vara para medir a todos los hombres.

No iba a recuperar aquella noche que habían pasado juntos y, además, casi ni se acordaba. También era mala suerte, tener su primera aventura de una noche con el hombre más impresionante de la tierra con una niebla en la cabeza tan espesa como la de un día de invierno en Londres. Al parecer un exceso de mojitos de mango podía conseguir eso.

3

En ese momento, estaba en la borda de babor del yate de Dylan. Él se acercaba a ella con la cabeza vendada y una expresión de tristeza y dolor en la cara. Era un día sombrío, pero los rayos de sol y las preciosas nubes de algodón parecían no saberlo. Se levantó más las gafas de sol para que no se le viera lo que sentía de verdad.

Roy Benjamin, el doble para escenas peligrosas, había tenido un accidente absurdo y había muerto en el plató de la película de marines que estaba rodando Dylan. La tragedia había trastornado al mundo de Hollywood y había tenido mucha difusión en la prensa, incluso, había eclipsado al apagón en la ciudad del día anterior. Lo que había trastornado al mundo del espectáculo y había llegado a los titulares no había sido solo la muerte de Roy, sino la amnesia de Dylan como fruto de la misma explosión que había acabado con la vida de su amigo.

–Toma, un refresco –Brooke llegó al lado de su hermano y le ofreció un vaso a Emma–. Me parece que te sentará bien.

–Gracias –Emma aceptó la bebida. No quería ver el alcohol ni en pintura–. Es un día doloroso para todos –añadió antes de dar un sorbo.

Dylan, entre Brooke y ella, les rodeó los hombros con los brazos.

–Me alegro de que estéis aquí conmigo.

Los nervios atenazaron a Emma por dentro. No había visto a Dylan desde la noche del apagón. El protector brazo que le rodeaba los hombros no debería despertarle ninguna de las sensaciones que estaba sintiendo. Suspiró. Él le acariciaba levemente la parte superior del brazo y hacía que sintiera una oleada de estremecimientos por todo el cuerpo. El yate empezó a retirarse del muelle y el cuerpo de él se tambaleó. Fueron noventa kilos de granito que chocaron contra su hombro. Dejó de respirar un segundo y se agarró a la barandilla.

–¡Cómo no íbamos a estar! –exclamó Brooke–. Roy también era amigo nuestro, ¿verdad, Emma?

Ella sonrió fugazmente a Dylan. Era una tragedia espantosa que un hombre tan fuerte y vital como Roy hubiese muerto a una edad tan temprana. Se parecía a Dylan, era su doble y era un amigo íntimo de los McKay. Emma lo había conocido gracias a ellos y siempre había sido amable con ella.

Dylan esbozó una ligera sonrisa, la sonrisa de un hombre afligido.

–Ya lo echo de menos.

Las abrazó con más fuerza. Era la estrella de cine por excelencia. Tenía un cuerpo esculpido en el gimnasio y por las carreras diarias, las gafas de sol le cubrían la cara y el viento le agitaba el pelo rubio. Pertenecía a la realeza de Hollywood y había conseguido eludir las relaciones duraderas durante toda su vida adulta. Lo tenía todo, estaba bronceado y era tan guapo como inteligente.

Emma debería estar concentrándose en la muerte de Roy y no en su dilema. Esa mañana se había vestido para el homenaje a Roy, pero también había ensayado lo que diría si Dylan recordaba algo de lo que pasó entre ellos durante el apagón. Le diría que aquella noche no había sido ella, que el apagón la había alterado, que había tenido miedo de la oscuridad desde que era pequeña y que le había pedido que se quedara con ella… que si no podían seguir siendo amigos…

En ese momento, parecía que podía evitar esa confesión. Esos ojos azules que derretían a cualquiera, aunque velados por el dolor, la miraron

5

como la habían mirado siempre. La veía como a la amiga de su hermana Brooke y nada más. No se acordaba de la noche que habían pasado juntos. Los especialistas lo llamaban amnesia disociativa. Estaba bloqueado y era posible que nunca recordase las horas o los días que llevaban a la explosión que se cobró la vida de su amigo y que le llenó la cabeza con una descarga de… metralla. Había acabado inconsciente y se había despertado al cabo de unas horas en el hospital.

La soltó para beber su refresco y ella volvió a respirar. Se apartó un paso de él. Sentir su mano le causaba estragos en la cabeza. Había evitado decirle la verdad y el diablillo del hombro le susurraba que por qué iba a estropearlo todo, que ese podía ser su secreto. ¿De verdad podría apañárselas para no tener que decírselo?

Le dio vueltas a esa idea mientras el yate navegaba a paso de tortuga junto a los embarcaderos. El penetrante olor a mar le llenaba la nariz, las gaviotas chillaban por encima de sus cabezas y un pájaro con alas blancas los miró desde una boya mientras se dirigían a mar abierto.

—Creo que ha llegado el momento —comentó Dylan cuando ya se habían alejado lo bastante.

Quería hacerlo solo, con su familia y nadie más. Más tarde, en su casa de Moonlight Beach, se celebraría un homenaje de recuerdo con los amigos de Roy y sus compañeros de rodaje, la única familia que había tenido. Entonces, Emma y Brooke empezarían a trabajar, serían las anfitrionas de un bufé en honor de Roy. No sería un acontecimiento de los que organizaba Parties-To-Go, pero Dylan había recurrido a ellas.

—Roy siempre me decía en broma que si se caía

fuera de la red desde un décimo piso, que tirara las cenizas desde el *Classy Lady*. Le encantaba este barco, pero nunca pensé que tendría que hacerlo.

Brooke miró con pena a su hermano y Emma se desgarró por dentro. Brooke y Dylan eran muy distintos en la mayoría de las cosas, pero a la hora de la verdad siempre estaban el uno al lado del otro. Ella lo envidiaba. No tenía hermanos, no tenía familia de verdad, solo tenía dos padres adoptivos que la habían descuidado cuando era pequeña. Desde luego, no había tenido mucha suerte con los padres. Al contrario que Brooke, que era la hermana adoptiva de Dylan. Sus padres adoptivos, los padres de Dylan, eran increíbles.

Dylan dijo unas palabras muy sentidas sobre su amigo mientras abría la urna y dejaba que el viento se llevara las cenizas de Roy. Cuando se dio la vuelta, tenía los ojos empañados de lágrimas y los labios temblorosos. Emma no había visto nunca ese lado vulnerable de Dylan y tuvo que agarrarse a la barandilla con todas sus fuerzas para no acercarse a él. No le correspondía a ella.

Brooke lo abrazó como haría una madre con su hijo y le susurró algo al oído. Dylan asintió con la cabeza mientras escuchaba a su hermana pequeña. Unos minutos después, se secó las lágrimas, borró el gesto serio de su cara y sonrió a Brooke. Dylan McKay había vuelto.

Era la primera vez que Emma lo había visto con la guardia baja, y le había conmovido.

Se lo había pedido en secreto.

La cocina de Dylan podría tragarse todo su apartamento de un bocado. La resplandeciente encimera de granito pulido y los armarios blancos tenían todos los aparatos de última generación que pudieran imaginarse. Era una cocina de ensueño y Maisey, su empleada doméstica, le había sacado partido y había cocinado para las más de cincuenta personas que irían a rendir homenaje a Roy Benjamin. Aparte de la comida casera de Maisey, el servicio de catering que había contratado Emma llevó bandejas con canapés, panes especiales y aperitivos. Todo el mundo estaba allí, desde el presidente de Stage One Studio hasta los tramoyistas. Emma y Brooke, vestidas con unos discretos trajes negros, repartieron la comida y ofrecieron bebidas. No estaban actuando como las organizadoras de Parties-To-Go, sino que eran las anfitrionas de Dylan en ese acto tan triste.

–¿Has visto cómo va vestida Carla? –le preguntó Brooke en voz baja.

Emma dejó en la mesa una bandeja con tartaletas de frambuesas y nata y miró de soslayo hacia la sala, donde se habían reunido algunos invitados. Carla Lee Allen, hija del jefazo de Stage One Studio, estaba agarrada del brazo de Dylan y no se perdía ni una de sus palabras. Llevaba un vestido de Versace, y ella lo sabía solo porque había oído a la rubia presumir de él. Era un vestido plateado con distintas capas y llevaba joyas en el cuello y los brazos.

–Sí, lo veo.

–Me parece que la policía de la moda no está patrullando. Roy no se merece esto. Este acto no es por ella.

–A ti por lo menos te habla, Brooke –Emma sonrió–. Yo soy invisible para ella.

Ser amiga de la hermana de Dylan no era mérito suficiente para que Carla le dedicara la más mínima atención.

—Sí, estoy agradecida, muy agradecida.

Emma se apartó un poco para observar la presentación. Habían puesto la mesa de postres con manteles de distintos colores y habían bordeado las bandejas con enredaderas en flor. Se dedicaban a eso y lo hacían bien.

—No es asunto mío, pero esa relación intermitente que tiene Dylan con ella no le beneficia —comentó Brooke.

Emma los miró otra vez. Carla miró el vendaje de Dylan agarrándolo posesivamente del brazo con una mano y tocándole la herida con la otra. Ella contempló la escena. Dylan estaba enfrascado en una conversación con el padre de Carla y no parecía darse cuenta de que lo miraba sin disimulo.

Tomó aire, desvió la mirada y sofocó las punzadas de celos que sentía por todo el cuerpo. Sería una necia de tomo y lomo si creía que alguna vez tendría alguna oportunidad con Dylan. Era su amiga y punto.

—Ya es mayorcito, Brooke.

—Nunca creí que diría esto, pero doy gracias a Dios porque mi hermano no se compromete. Ella es un error en muchos sentidos —Brooke levantó las manos como si fuera a parar algo, su gesto favorito—. Sin embargo, como ya he dicho, no es de mi incumbencia.

Emma le sonrió y dio los últimos toques a la mesa de los postres. Maisey había hecho café y también había agua caliente y una caja con distintas infusiones.

Dylan se acercó a ellas. Estaba impresionante con un traje oscuro hecho a medida y corbata. Se había cambiado los vaqueros y la camisa de seda negra que había llevado esa mañana en el yate.

—¿Tenéis un minuto? —les preguntó con el ceño fruncido, como si estuviese desconcertado.

Ellas asintieron con la cabeza y él las llevó hasta el extremo más alejado de la cocina, donde nadie podía oírlos.

—Chicas, lo habéis hecho de maravilla. Gracias —añadió él antes de sacudir la cabeza—. Espero que me lo digáis con toda claridad. Carla y yo… ¿somos algo otra vez?

Emma contuvo el aliento porque no iba a decir lo que pensaba sobre la rubia de bote. Dylan no se sinceraba con ella sobre su vida amorosa, pero la pregunta había hecho que se le revolvieran las entrañas con remordimiento. Ella también tenía algo que decirle y quizá le ayudara a despejar la memoria, pero también podría enrarecer las cosas entre ellos y no lo querría por nada del mundo.

Brooke estaba deseosa de contestar, pero sacudió la cabeza.

—¿No te acuerdas?

—No, pero ella se comporta como si fuésemos a subir al altar. Que yo recuerde, eso no es verdad. ¿Estoy equivocado?

—No, no estás equivocado —contestó Brooke—. Ni mucho menos. Antes del accidente me dijiste que ibas a romper con ella para siempre.

—¿De verdad? No me acuerdo.

El pobre Dylan estaba hecho un lío. Miraba hacia los ventanales que se abrían hacia el mar como si allí pudiera encontrar una respuesta. Parecía desorientado, no era la persona encantadora, segura de sí misma y que siempre iba un paso por delante de los demás.

–Si ella dice que es algo más, Dylan, yo tendría cuidado –le aconsejó Brooke–. Está aprovechándose de tu amnesia para volver a…

Dylan se volvió hacia su hermana con las cejas arqueadas y una sonrisa torcida.

–¿A qué…?

–A congraciarse contigo –intervino Emma.

–Siempre tan diplomática, Emma –Dylan le dirigió una mirada muy elocuente–, pero creo que eso no es lo que iba a decir Brooke. En cualquier caso, me hago una idea.

Él miró a Carla, quien estaba rodeada por otros actores de la película. Estaba concentrada en la conversación, pero, aun así, lo miraba de reojo en cuanto podía, como si quisiera reclamarlo.

Brooke tenía razón, Carla era un error para Dylan. Para él tenía que ser muy complicado no acordarse de algunas cosas, no controlar sus sentimientos.

–Sois las únicas en las que puedo confiar –Dylan se frotó la frente justo por debajo del vendaje–. No puedo explicaros lo raro que es todo esto. Veo algunas cosas con claridad y otras me parecen borrosas. Además, de muchas, no me acuerdo.

Emma puso tres cubos de hielo en un vaso y le sirvió un mosto, la bebida que más le gustaba en su infancia.

–Gracias, pero creo que me vendría bien algo más fuerte.

–El médico ha dicho que todavía no. Sigues tomando analgésicos –intervino la madre que Brooke llevaba dentro.

Era conmovedor ver lo unidos que estaban desde que se mudaron de Ohio a Los Ángeles hacía unos años.

—Una copa no va a matarme.

—Tampoco vamos a comprobarlo. Ya me preocupé bastante cuando te mandaron al hospital. Además, mamá se marchó hace un par de días. Si tengo que llamarla otra vez para decirle que has vuelto al hospital, le dará un ataque al corazón.

—¿Ves lo buena que es, Emma? —Dylan puso los ojos en blanco—. Sabe muy bien cómo crearme remordimientos.

Emma dejó escapar una risotada desde lo más profundo de la garganta.

—Conozco las tretas de Brooke, trabajo con ella.

—¡Eh! —exclamó Brooke—. Deberías estar de mi lado.

—Como ya he dicho, Emma es diplomática. Gracias por la copa.

Dylan levantó el vaso como si brindara, se dio media vuelta y se alejó.

—No va a pasarle nada —comentó Brooke mientras lo miraba volver con sus invitados—. Nosotras tenemos que hacer lo que haga falta para ayudarlo.

Emma notó que el miedo la atenazaba las entrañas. Le espantaba tener secretos para Brooke, pero cómo iba a decirle de sopetón que le había pedido a su hermano que se acostara con ella la noche del apagón y que lo único que recordaba era su cuerpo sobre el de ella, el aliento acalorado y que le había susurrado palabras excitantes al oído. No se acordaba de cómo se había metido en la cama ni de cuándo se había marchado él. No podía recordar cómo había acabado todo. ¿Se habían separado reconociendo que había sido un error monumental o le había prometido él que la llamaría? No sabía qué habían hecho, pero la verdad era que tampoco se acordaba de gran cosa de esa noche.

—Qué lío… —farfulló ella.

—¿Qué? —le preguntó Brooke.

—Nada.

—Brooke, lo has hecho muy bien, has ayudado a que el día fuese un poco más llevadero para tu hermano.

Carla apoyó los brazos en la isla de granito, exhibió su escote y esbozó esa sonrisa de cientos de millones de dólares. El sol estaba poniéndose y ya se habían marchado todos los invitados menos uno.

—No lo he hecho sola, Carly —replicó Brooke—. Emma ha trabajado como la que más y las dos haríamos cualquier cosa para ayudar a que Dylan pasara este trago.

Carla miró a Emma como si acabara de darse cuenta de que estaba allí.

—Claro, tú también lo has hecho muy bien.

Carla se dirigió a ella como si fuese una niña. ¿Qué les pasaba a las mujeres ricas y poderosas para que se sintieran superiores? Seguramente, el expediente académico de Emma era infinitamente mejor que el de Carla.

—Dylan es especial y me alegro de poder ayudarlo.

Carla la miró de arriba abajo como si no la considerara una competidora y se dio la vuelta otra vez.

—Brooke, ¿sabes dónde está Dylan? Quiero despedirme y decirle que su panegírico ha sido emocionante.

—Sí, me ha pedido que te despidiera de su parte. El día lo ha dejado agotado y se ha ido a la cama.

–¿Ya se ha acostado? –Carla se incorporó y miró hacia la escalera. Sabía muy bien dónde estaba el dormitorio de Dylan–. A lo mejor debería subir para darle las buenas noches.

–Bueno, el médico le ha ordenado que descanse sin interrupciones.

La sonrisa de Brooke hizo que Emma se carcajeara por dentro. Gracias a Brooke, estaba a la defensiva.

–Claro, tienes razón –Carla se mordió el labio inferior y volvió a mirar hacia la escalera antes de que cambiara de expresión–. Tiene que descansar para que pueda volver al plató lo antes posible.

El rodaje ya llevaba un mes parado y estaba costándole un dineral al estudio. Era fundamental que Dylan volviera a trabajar y hasta Carla se daba cuenta de eso.

–Dile que lo llamaré.

–Lo haré, Carly. Te acompañaré hasta la puerta.

–No hace falta.

Las dos se marcharon y Emma no pudo contener la risa. Sabía con toda certeza que Carla Lee Allen no soportaba que le llamaran Carly, pero se lo consentía a Brooke porque era la hermana de Dylan.

Menudo día. Ella, egoístamente, se alegraba de que hubiese terminado. No le gustaba el peso del remordimiento y esperaba que fuese verdad el dicho de «ojos que no ven, corazón que no siente». Era posible que la cabeza se le aclarase en cuanto se marchara de casa de Dylan y también era posible que dejara de corroerle por dentro la necesidad de decirle lo que había pasado entre ellos.

Una vez limpia y ordenada la casa, gracias a la ayuda de Maisey, Emma se sentó en uno de los muchos sofás de cuero blanco que había en la sala.

Miró por la ventana y vio la puesta de sol en Moonlight Beach. Se dejó caer sobre el respaldo, cerró los ojos y escuchó el sonido de las olas que rompían en la playa.

—Misión cumplida —Brooke dio unas palmadas—. Ya se ha marchado.

Emma abrió los ojos cuando su amiga se sentó a su lado.

—Eres una mamá osa. Quién lo iba a decir…

—Normalmente, Dylan puede cuidarse a sí mismo, pero, en este momento, necesita un poco de ayuda. Además, ¿para qué están las hermanas pequeñas y entrometidas?

—¿Para librarlo de las mujeres maquinadoras?

—Hago lo que puedo —Brooke apoyó los pies en una mesita baja y suspiró—. Estoy emocionada con el torneo de golf de las celebridades. Es uno de los acontecimientos más importantes que nos han encargado… y lo hemos conseguido solas, sin intervención de Dylan. Ni siquiera saben que es mi hermano, y no juega al golf.

Dylan entró con un aspecto desaliñado maravilloso. Tenía barba incipiente, el pelo despeinado a la perfección y unos ojos azules somnolientos. Llevaba unos pantalones de chándal negros y una camiseta blanca.

—¿Qué haces levantado?

Él se pasó una mano por la cara y suspiró.

—No puedo dormir. Voy a dar un paseo. Hasta luego y gracias por todo otra vez.

Brooke abrió la boca, pero él ya había salido por la puerta antes de que ella pudiera evitarlo.

—Maldito sea. Todavía está aturdido. ¿Lo acompañarías, Emma? Dile que también te apetece dar un paseo. Él piensa que lo protejo demasiado.

15

Emma vaciló. Estaba a tres minutos de escaparse a su casa.

—Yo, bueno...

—Por favor —le pidió Brooke—. Si estás con él, no se le ocurrirá ponerse a correr. Sé que lo echa de menos y se ha quejado porque no puede correr todos los días. Ha oscurecido en la playa. Podría desplomarse y nadie se enteraría.

Eso era verdad. El médico había dicho que no hiciera mucho esfuerzo físico. ¿Cómo no iba a darle esa tranquilidad a Brooke?

—De acuerdo, iré.

—Eso es lo que me encanta de ti —le agradeció Brooke con alivio.

Emma se inclinó para quitarse los zapatos de tacón y se levantó del sofá.

—Más te vale. No persigo a superestrellas de cine por cualquiera.

Dicho lo cual, salió por la puerta trasera, bajó los escalones, lo buscó con la mirada y empezó a correr cuando vio lo lejos que estaba ya.

—¡Dylan! ¡Espera!

Él se dio la vuelta y aminoró el paso.

—¿Te importa que te acompañe? —le preguntó ella con la respiración entrecortada—. También me apetece dar un paseo.

—A ver si lo adivino. Te ha mandado Brooke.

—Me apetece dar un paseo... —replicó ella encogiéndose de hombros.

—Y a lo mejor la luna es verde —ironizó él con una sonrisa burlona.

—Todo el mundo sabe que la luna está hecha de queso. Por lo tanto, es amarilla.

Él sacudió la cabeza como si renunciara a su escepticismo.

—De acuerdo, vamos a dar un paseo. La verdad es que me gusta que me acompañes.

Le tomó la mano y entrelazó los dedos con los de ella. Fue tan inesperado que el aire se le congeló en los pulmones.

—Fue un homenaje bonito, ¿verdad? —le preguntó él mientras empezaba a andar.

Ella notó un ligero tirón de la mano que la sacó del estupor y lo siguió.

—Fue emocionante. Recordaste a Roy con un homenaje precioso a su vida.

—Soy la única familia que tenía, aparte del equipo de rodaje. Era fantástico y todo ha sido absurdo. Estaba obsesionado con su trabajo y se pasaba la vida perfeccionando sus trucos. Era el hombre más prudente que he conocido, sencillamente, no tiene sentido.

—Dicen que fue un accidente muy raro.

—Es lo que dicen cuando no saben qué pasó, es la respuesta manida.

Caminaron un rato en silencio y el calor que sentía en la mano se le extendía por todo el cuerpo. Era un anochecer perfecto para pasear por la playa. La brisa le agitaba el pelo de la nuca y se quitó la cinta para que los largos mechones ondulados le llegaran hasta la mitad de la espalda.

—Bueno, cuéntame qué es de tu vida, Emma.

Él lo sabía casi todo sobre ella. Era amiga y socia de Brooke, vivía en un apartamento diminuto a veinte minutos de Moonlight Beach, le encantaba su trabajo y no salía mucho. Sin embargo, ¿se acordaría de algo?

Se quedó pálida y empezó a buscar indicios de que se acordaba de la noche del apagón, pero él siguió mirando al frente con el mismo gesto inexpresivo que antes. Suspiró. Era posible que solo estuviera dándole conversación y era posible que su remordimiento estuviera confundiéndola.

–Como siempre –contestó ella–. Trabajo y más trabajo.

–¿Todavía esperas ganar el primer millón antes de los treinta años?

Ella dejó escapar una risa. Había tenido poco dinero desde que era pequeña. Sus padres adoptivos no tenían mucho y eran bastante agarrados. Se había criado, prácticamente, llevando ropa de segunda mano. A los trece años comprendió que tendría que abrirse paso en la vida ella sola. Había trabajado como una mula, había conseguido una beca para ir a la universidad y se había jurado que algún día tendría independencia económica y se prometió que ganaría el primer millón antes de los treinta años. Todavía le quedaban algunos años, pero tenía la esperanza de que Parties-To-Go se convirtiera en una franquicia millonaria.

–Tu hermana, mi mejor amiga, debería cerrar al pico.

–No se lo reproches –replicó él con delicadeza–. Creo que es loable tener objetivos.

–Objetivos ambiciosos.

–Objetivos asequibles y trabajáis mucho, Emma.

–Sin tu inversión, ni siquiera tendríamos empresa.

–Solo os ayudé a que dierais el primer paso, y habéis recorrido mucho camino en estos dos años.

–Te lo debemos, Dylan.

Dylan se detuvo y las zapatillas de deporte se le hundieron en la arena. Cuando ella se dio la vuelta para mirarlo, una sonrisa sincera le adornaba el atractivo rostro y un brillo le iluminaba los ojos.

–No me debéis nada y estoy orgulloso. Sois muy trabajadoras y estáis devolviéndome el préstamo antes de lo que esperaba o quería. Sin embargo, Em, te diré que aunque creas que Brooke te ayudó mucho cuando erais más pequeñas, tú también la ayudaste. Vino a California con la esperanza de llegar a ser actriz. Es muy complicado. Yo he tenido suerte, más de la que podía haber esperado, pero a Brooke no le pasó lo mismo. Está mucho más contenta ahora. Es socia de su mejor amiga y se gana la vida haciendo lo que le gusta. Eso te lo debo. Gracias por ser… tú.

Dylan se inclinó y su cara quedó a unos centímetros de la de ella. El corazón se le aceleró cuando le miró la boca y entendió por qué babeaban sus admiradoras. Era impresionante, estaba para comérselo. No se le ocurrió otra forma de describirlo.

–Tú eres la increíble, Emma –susurró él.

–¿Lo soy…? –susurró ella también con la cabeza nublada.

Se relajó cuando se acercó más, la rodeó con los brazos y se inclinó hacia su mejilla. Naturalmente, le daría un beso fraternal en la mejilla. Cerró los ojos y él bajó los labios… hasta los labios de ella. Había muerto y había subido al cielo. Tenía unos labios cálidos y tranquilizadores. Le rodeó el cuello con los brazos y le devolvió el beso sin reparos. Todo era nuevo y muy apasionante. Dylan McKay estaba besándola en Moonlight Beach a la puesta de sol y esa vez era consciente de todo, no tenía lapsus de memoria ni estaba aturdida. Solo existía ese momento, ese paréntesis de tiempo, y se deleitaba con su sabor, con la maravillosa textura de sus labios, con su cuerpo poderoso pegado al de ella.

Sin embargo, había algo que no encajaba del todo en ese beso y no sabía precisarlo con exactitud. ¿Sería que estaba en perfecta sintonía con él en ese momento?

Dylan dejó de besarla primero, pero la abrazó con fuerza contra el pecho, como un niño pequeño que necesitara el consuelo de su peluche favorito. Ella se quedó así un buen rato. Él suspiró sin soltarla y bajó la boca al lóbulo de la oreja para susurrarle.

–Gracias. Necesitaba tu compañía esta noche, Emma.

¿Qué podía decir? ¿Era lo bastante necia como para creer que él recordaba aquella noche de pasión y quería más de lo mismo? No, no se trataba de eso. Dylan necesitaba consuelo. A ella podría parecerle un beso devastador, pero quizá solo fuera el consuelo de una amiga para un hombre al que todo el mundo adoraba. Al menos, ella podía darle eso. Su secreto estaría a salvo.

–Es un placer, Dylan.

Se alegraba de servirle para algo.

Capítulo Dos

No era él mismo. Quizá eso explicara por qué había besado a Emma como si hubiese querido besarla. La verdad era que había querido besarla. La conocía, sabía a lo que se atenía con ella, era la mejor amiga de su hermana Brooke, podía confiar en ella. Las medicinas que estaba tomando le reducían el dolor de cabeza y estaba reponiéndose, se encontraba mejor cada día, pero había perdido parte de la memoria y eso afectaba a su seguridad en sí mismo y a la toma de decisiones.

Sin embargo, sí estaba seguro de una cosa, besar a Emma había conseguido que se sintiera mejor. Era el mejor beso que había dado en mucho tiempo, eso lo sabía con toda certeza. Esos ojazos verdes que brillaban como esmeraldas le habían hecho sentirse pleno otra vez, sentirse él mismo.

¿Un beso moderadamente apasionado le había proporcionado todo eso? Sí, porque había sido con Emma y conocía sus limitaciones. Era intocable y dulce con cierto descaro. La había besado y había dejado que su dulzura lo llenara, que reemplazara al dolor que había tenido en el corazón.

—Estás callada –comentó él mientras volvían a la casa–. ¿Me he extralimitado con el beso?

—No, en absoluto. Necesitabas a alguien.

Él volvió a tomarle la mano y se la apretó un poco.

—No a cualquiera, Emma. Necesitaba a alguien

en quien pudiera confiar. A ti. Lo siento si he sido demasiado… intenso.

—No… No lo has sido —replicó ella con poco convencimiento—. Solo ha sido un beso, Dylan, y no es la primera vez que me besas.

—Lo besos de cumpleaños no cuentan.

—No recibí mucho cariño cuando era más joven —le explicó ella al cabo de un rato—. Aquellos besos de cumpleaños significaban mucho para mí.

Él volvió a apretarle la mano.

—Lo sé. ¿Te acuerdas de cuando te caíste de bruces?

—No me hables de eso, Dylan. Todavía estoy abochornada. Tus padres se tomaron muchísimas molestias para hacerme aquella tarta.

Él se rio al acordarse de la escena.

—Fue muy divertido.

—Fue tu culpa.

Dylan no podía borrar la sonrisa de la cara. Al menos, la memoria lejana seguía intacta.

—¿Por qué fue mi culpa? —preguntó él.

—Rusty era tu perro. Se metió entre mis pies y pensé que era preferible caer sobre la tarta de chocolate que acabar con tu perro. Habría aplastado a aquel chihuahua si hubiese caído encima de él.

—Cuántos años tenías, ¿doce?

—Sí. Eso decía en la tarta que pulvericé.

—Tú al menos la probaste —Dylan se rio—. La tenías por toda la cara. Los demás tuvimos que limitarnos a observar, pero mereció la pena.

—Debiste de haberme dado el beso de cumpleaños antes de que tu madre me limpiara la cara. Entonces, no te habrías sentido tan desdichado. La tarta estaba muy buena. De bizcocho con chocolate.

–No te preocupes, Em, no me sentí desdichado.

Ella se paró en seco, se soltó la mano y se cruzó de brazos.

–¿Qué quieres decir? ¿Disfrutaste al verme caer? –preguntó ella con los ojos entrecerrados.

El falso enojo de ella hizo que sintiera una ligereza que no había sentido desde hacía más de una semana, desde antes del accidente.

–Venga, no te pongas teatrera. Fue hace muchas lunas.

Además, efectivamente, conocía a muchos especialistas, a Roy entre ellos, que no se habrían caído mejor. Fue cómica.

–¿Teatrera yo? No lo creo. Estoy delante de un teatrero de verdad, del ganador de dos premios de la Academia y de sabe Dios cuántos Globos de Oro.

–De tres –le aclaró él con una sonrisa.

–De tres –repitió ella poniendo los ojos en blanco.

Él volvió hasta donde estaba Emma, le tomó la mano otra vez y tiró de ella. Le gustaba Emma Rae Bloom. La habían criado unos padres adoptivos muy negligentes y había vivido una vida ardua. Se había convertido en la mejor amiga de su hermana por la más afortunada de las casualidades y había entrado a formar parte del clan McKay.

Ya habían llegado casi a la casa. Había anochecido y la playa estaba silenciosa, salvo por al sonido de las olas al romper en la orilla. La luna iluminaba el mar y se reflejaba en la arena, donde se paró para mirar a Emma.

–Bueno, has conseguido lo que no había conseguido nadie esta semana, Em, me has hecho sonreír.

Ella levantó su pequeña e insolente barbilla y él sintió la necesidad de abrazarla otra vez, de besar esa boca y de sentir ese pelo largo y tupido entre las manos. Era menuda, sobre todo sin zapatos, y no se parecía nada a las modelos y actrices con las que solía salir.

No volvería a besarla, pero le sorprendió cuánto quería besarla.

Arrugó los labios y siguió hablando.

—Tengo un acto benéfico dentro de poco. Si los médicos me dejan ir, me encantaría que me acompañaras a conocer y saludar a los niños del hospital infantil.

Emma se dio media vuelta para mirar al mar.

—¿Quieres que te acompañe?

—Sí.

—¿No tienes representantes y asistentes personales que se ocupan de esas cosas?

—Em…

—¿Qué?

Él se metió las manos en los bolsillos y se encogió de hombros.

—Si no quieres ir, no pasa nada.

Ella giró la cabeza y sus ojos fueron como un resplandor en la oscuridad.

—¿Por qué quieres que vaya yo?

—¿La verdad? Estoy un poco confundido en este momento y me sentiría un poco más seguro si me acompaña una amiga. No he aparecido en público desde el accidente. Además, sé que les encantarás a los niños. También iba a pedírselo a Brooke.

—Ah —ella ladeó la cabeza con un gesto avergonzado—. ¿Esos niños están enfermos?

—Casi todos, pero, afortunadamente, hay muchos que están recuperándose. Dentro de unos días, tengo que hacer un vídeo promocional para recaudar fondos y para divulgar todo lo que hace el hospital. He donado un poco de dinero para la nueva ala del hospital y me imagino que por eso me lo han pedido.

–Donaste un millón trescientos mil dólares, Dylan. Lo leí en Internet. Va a ser increíble. La nueva ala tendrá una sala con juegos interactivos para los niños.

–Entonces, ¿qué dices? –le preguntó él con una sonrisa.

–Sí, claro que iré.

–Gracias, Em. Ahora, entremos en casa antes de que Brooke mande a una patrulla para que nos busque.

La risa de Emma fue como música celestial para él, e hizo que sonriera otra vez.

El miércoles por la tarde, Emma colgó el teléfono a la señora Alma Montalvo, apoyó los brazos en la mesa de la oficina y bajó la cabeza. La clienta estaba obsesionada por los detalles y la había exprimido durante dos horas interminables. Efectivamente, habían encontrado un grupo local para que tocara cincuenta canciones. Efectivamente, habían alquilado un Chevrolet del 57 que aparcarían en lo alto del jardín con distintos niveles. Efectivamente, pondrían una cabina para que los invitados pudieran hacerse fotos con cazadoras de cuero, faldas de vuelo e insignias de clubs automovilísticos. Efectivamente, efectivamente, efectivamente…

Afortunadamente, la fiesta era ese sábado por la noche. Cuando hubiese terminado, Brooke y ella se llevarían el sustancioso cheque de la señora Montalvo y se despedirían hasta la vista.

Oyó que sonaba la música encima de la puerta y levantó la mirada.

—Creía que ibas a irte pronto a casa —comentó Brooke mientras entraba en la oficina de Santa Mónica.

—Yo también lo creía, pero la señora Montalvo tenía pensada otra cosa.

—Vamos a dejarla estupefacta, Emma —Brooke puso los ojos en blanco—. Esta fiesta va a ser de primera…

—Más vale, le he echado unas cuantas horas extra.

Brooke sonrió y dejó las bolsas en la mesa que había al lado de la de Emma. Los muebles de la oficina eran una mezcla ecléctica, colorista y ligera para transmitir un ambiente de fiesta a los clientes. La mesas eran de plexiglás claro, las paredes estaban pintadas de color pastel y las sillas eran reliquias que habían tapizado con motivos florales. Las fotos de sus fiestas y distintas celebraciones adornaban las paredes, desde bailes en ranchos de la zona a bodas por todo lo alto, y algunas felicitaciones de celebridades, gracias a Dylan. Tenían dos empleadas a tiempo parcial que iban después del colegio y los fines de semana para contestar el teléfono, investigar en Internet y trabajar en las fiestas cuando se las necesitaba.

—Mira esto —Brooke sacó un vestido color café de una caja en una de las bolsas—. ¿No te parece… perfecto? Lo he encontrado en la tiendecita de Broadway.

—Es precioso, y no es negro. Seguro que es para la cena del torneo de golf de San Diego, ¿verdad?

—No, ni mucho menos. No lo adivinarás jamás.

Emma repasó todos los eventos que se avecinaban y no pudo imaginarse nada.

—Entonces, no me marees. ¡Dímelo!

Brooke se puso el vestido debajo de la barbilla, se lo ciñó a la cintura y se dio la vuelta como cuando jugaban disfrazadas y fingían que eran unas princesas que iban a conocer a su príncipe.

–¡Tengo una cita! –exclamó Brooke.

No debería ser para tanto, pero Brooke no salía mucho. Las dos se habían centrado en la empresa después de haberse graduado en la universidad. Además, Brooke era muy quisquillosa con los hombres. Eso era algo muy especial, a juzgar por su sonrisa resplandeciente.

–Lo mejor de todo es que no sabe quién soy.

Mejor dicho, quién era su hermano. La mayoría de las personas, fuesen hombres o mujeres, mostraban interés por Brooke cuando se enteraban de que Dylan era su hermano mayor. Eso hacía que recelara de las amistades que le surgían, nunca estaba segura de que no hubiese algún motivo oculto.

–Quiero decir, claro que sabe que me llamo Brooke. Nos conocimos en el café de Adele. Los dos estábamos esperando nuestro pedidos de comida para llevar y tardaban una eternidad. Sin embargo, a ninguno nos importó esperar cuando empezamos a hablar.

–¿Cuándo fue eso?

–Ayer.

–¡Y no me lo habías contado! Eso es una infracción de las reglas de las mejores amigas.

–No sabía si me llamaría –abrazó el vestido una vez más antes de guardarlo en la caja–. Sin embargo, me ha llamado esta mañana y hemos quedado para salir el próximo fin de semana. Él quería verme antes, pero le he contado que este fin de semana tenía trabajo y me ha parecido que se quedaba decepcionado de verdad. Dime que el fin de

27

semana que viene no tenemos nada. El torneo de golf es dentro de tres semanas, ¿verdad?

Emma tecleó en su ordenador y miró el calendario.

—Verdad, pero estás tan emocionada que te eximiría de tus obligaciones aunque tuviésemos una boda real. Nunca te había visto tan entusiasmada. ¿Cómo se llama?

—Royce Brisbane. Se dedica a la planificación financiera.

Emma tuvo que morderse el labio inferior para no reírse.

—¿Tú con uno trajeado?

—Sí, pero está guapísimo con traje.

—Caray, Brooke, te gusta de verdad. Has ido de compras.

A Brooke no le gustaba ir de compras. Solo había un color en su guardarropa, el negro, y lo usaba todos los días como una armadura.

—Sí, creo que me gusta mucho. Hablar con él fue muy fácil, tenemos muchas cosas en común.

—Cuéntame más.

Después de reunir todos los datos sobre Royce Brisbane, de camino a casa, Emma empezó a pensar en la próxima cita de Brooke. Tenía que reconocer que parecía un buen tipo sobre el papel. Si hacía feliz a Brooke, ella era incondicional. Hacía meses que no veía sonreír tanto a su amiga. Eso podía ser bueno o malo, muy malo. Cuanto más te encariñabas de alguien, más daño podía hacerte, pero no iba a pincharle el globo a Brooke, su amiga se merecía pasarlo bien.

Aparcó en el complejo de su apartamento y se bajó del coche. Esa noche tenía las piernas como dos espaguetis y le costó cruzar al patio para llegar a su puerta. La abrió y miró el sofá con almohadones y una colcha de retazos con la que se tapaba. Dejó el bolso en la mesa que había delante, se tumbó en el sofá y dejó escapar un suspiro.

Le dio vueltas en la cabeza a un centenar de cosas. Lo primordial era el torneo de golf. Todavía faltaban unas semanas, pero era una ocasión muy buena para la empresa. Hizo otro repaso mental y se cercioró de que todo estaba atado antes de que pudiera relajarse de verdad. Una vez segura de que no se había olvidado de nada, dejó caer la cabeza, estiró las piernas y envolvió con los almohadones su cuerpo agotado.

Ojalá pudiera dejar de pensar durante un rato. Algunas veces envidiaba a las personas que podían olvidarse de todo y quedarse en blanco. Ella tendía a pensarlo todo mil veces, lo cual, era fantástico para su trabajo, pero un lastre para una vida despreocupada.

Todavía tenía presente en la cabeza la noche del homenaje a Roy Benjamin y de ahí pasó inmediatamente a Dylan McKay, a cómo la abrazó en la playa, a lo que sintió cuando su mano tomó posesivamente la de ella, al beso dominante que le dio. No fue un beso de cumpleaños ni un beso de amigo, aunque, al parecer, eso era lo que pensaba Dylan. Para ella fue mucho más y el recuerdo se adueñaba de su cuerpo y le llenaba los rincones solitarios.

Se lo había pedido en secreto.

Sonrió. No sucedería jamás, pero parte de su fantasía se había hecho realidad. Dylan le había hecho el amor maravillosamente, aunque tampoco estaba tan segura de que hubiese sido maravilloso. Había estado demasiado alterada como para saber

29

si era un buen amante o no, aunque, en su mundo de fantasía, Dylan era el mejor. La revista *Appeal* decía lo mismo, y lo habían votado como el soltero más sexy del año, y lo habían corroborado sus antiguas novias, de modo que tenía que ser verdad.

Le pesaban los ojos, le costaba mantenerlos abiertos con el cuerpo fatigado entre los almohadones y tapada con la colcha. Hasta que se dio por vencida y se quedó dormida.

Ruff, ruff… ruff, ruff.

Emma se incorporó de un salto con los ojos muy abiertos. Estaba en el sofá medio tapada por la colcha de retazos. ¿Cuánto tiempo había estado dormida? Miró el reloj de la pared. Eran las ocho y media. Había dormido noventa minutos. Jamás había echado una siesta por la noche.

Ruff, ruff… ruff, ruff.

El teléfono volvió a sonar. Lo sacó del bolso y se lo llevó al oído.

—Dígame…

—Hola.

Era Dylan. Esa voz de barítono que hacía que las espectadoras de todo el mundo jadearan de placer era inconfundible.

—Ah, hola.

Se sentó, apoyó los pies en el suelo y sacudió la cabeza para intentar aclarársela.

—No te habré despertado, ¿verdad?

¿Parecía dormida? Intentó por todos los medios fingir que estaba completamente despierta.

—Claro que no, estoy levantada.

—¿Estás ocupada?

—No. Solo estaba sentada y repasando algunas cosas en la cabeza —se tapó la boca para sofocar el sonido de un bostezo—. ¿Qué haces tú?

–Nada de particular. Hablé con Darren por teléfono y mi representante se pasó por aquí para ver qué tal estaba. Para ser sincero, estoy subiéndome por las paredes.

–Estás acostumbrado a estar ocupado.

–Estoy impaciente por volver a trabajar, pero también me da miedo.

–Lo entiendo. Es por Roy. Te resultará raro seguir con tu vida cotidiana cuando sabes que él no está.

–¿Por qué eres tan lista, Em?

–Me parece que tuve suerte cuando se repartieron los cerebros.

Se mordió el labio inferior. Todavía le incomodaba hablar con Dylan cuando tenía ese nubarrón encima de la cabeza. Hacía que se sintiera culpable e hipócrita. Además, ¿por qué de repente él era su mejor amigo? ¿Ese golpe en la cabeza le había cambiado el punto de vista? Siempre se habían llevado bien, pero no le había hecho mucho caso precisamente desde que se convirtió en una estrella.

Estaba desorientado, como aturdido, y necesitaba confiar en alguien, pero estaba segura de que todo cambiaría en cuanto volviese a sentirse cómodo consigo mismo. Dylan era un hombre muy ocupado al que perseguían las masas y la prensa y con infinidad de oportunidades de trabajo. No podía acostumbrarse a que le hiciese caso.

–Bueno, no voy a entretenerte. Te llamaba para confirmar nuestra cita.

¿Cita? No había elegido muy bien la palabra.

–¿Te refieres a lo del hospital?

–Sí, es el viernes por la mañana. ¿Te parece bien que me pase a recogerte hacia las nueve?

–Muy bien. Todavía sigo sin saber qué pinto yo en todo esto, pero me alegro de poder ayudar.

–Estás ayudando, estás ayudándome.

El corazón le dio diez vuelcos por su forma de decirlo, por esa sinceridad tan profunda. Además, se dio cuenta de que lo que le daba miedo no era solo volver a trabajar, sino aparecer en público por primera vez cuando todo el mundo esperaba que Dylan McKay estuviese en plena forma. Eso le preocupaba, porque no sabía si estaba preparado. Necesitaba el apoyo de su hermana y su amiga.

–Y tú vas a cambiarle la vida a muchos niños.

–Espero. Nos veremos hacia las nueve, Em. Duerme bien.

–Y tú también.

Emma cortó la llamada y se quedó un rato sentada mientras le daba vueltas a todo. Tenía que dejar de darle vueltas a Dylan McKay. Normalmente, la comida le mantenía ocupada la cabeza, pero, extrañamente, no tenía hambre. En realidad, la idea de comer algo en ese momento le revolvía las tripas, por lo que tomó el control remoto de la televisión. Apretó el botón y la pequeña pantalla plana iluminó la habitación oscura. Se apoyó en el respaldo, levantó los pies y empezó a ver la película que estaba proyectando.

El apuesto rostro de Dylan McKay llenó casi toda la pantalla y sus devastadores ojos azules miraron a Sophie Adams, la última belleza de Hollywood. El cowboy y su chica estaban a punto de cabalgar hacia la puesta de sol y la cámara tomó un primer plano del beso que ponía el punto final a la película. Entonces, sin venir a cuento, algo frío y doloroso le atenazó el corazón. Apagar la televisión no sirvió de gran cosa. ¿Por qué no podía librarse de él?

Enamorarse de lo inalcanzable era un suicidio

romántico y ella no era tan necia. Solo tenía que olvidarse de que se lo había pedido para ella en secreto. Fin del asunto.

Estaba preparada a las nueve en punto. Cuando llamaron a la puerta, se miró al espejo para comprobar el pelo recogido, los pantalones blancos, la chaqueta rosa y la camiseta de puntos. Un colgante pequeño que le llegaba a la base del cuello, unos aretes de plata y un voluminoso reloj de moda eran los únicos complementos que llevaba. Había elegido una imagen profesional sin resultar inaccesible para los niños. Sintió un ligero estremecimiento por todo el cuerpo. Aparte de poder ver a Dylan, estaba deseando conocer a los niños y saber de primera mano lo que sentía un niño cuando no era como los demás.

Ese día, los niños eran los protagonistas.

Abrió la puerta y sus nobles propósitos se esfumaron en cuanto vio a Dylan. Había esperado a su conductor, pero era Dylan en carne y hueso, sin vendaje y con una cicatriz que acabaría desapareciendo, pero que, en ese momento, hacía que pareciera más viril, más rudo y más impresionante todavía. Llevaba unos vaqueros nuevos, una cazadora de cuero marrón y una camisa blanca.

—Buenos días —le saludó con una sonrisa—. Estás muy bien.

Ella no se encontraba nada bien. Se había despertado débil y pálida como la cera de dar vueltas toda la noche, pero sus halagos podían alterarla si se los creía. Era un conquistador consumado, sabía lo que tenía que hacer para que las mujeres cayeran rendidas a sus pies. Además, estaba segura de que con ella no estaba intentándolo siquiera.

33

–Gracias. ¿Vienes con Brooke?

–No. Brooke se ha roto un diente esta mañana. Me ha llamado presa del pánico y me ha dicho que tiene que arreglárselo inmediatamente. Me imagino que es porque mañana tenéis un evento, pero no me ha dicho nada. Tiene una cita ardiente con el dentista dentro de veinte minutos.

Más bien, una cita ardiente con Royce a la semana siguiente y no podía ir desdentada.

–Pobre Brooke…

–¿No te ha llamado?

Emma sacó el teléfono del bolso y miró la pantalla.

–¡Sí! Me parece que tengo un mensaje de voz de esta mañana. Seguramente, estaba en la ducha.

Los ojos de Dylan le recorrieron el cuerpo de arriba abajo. Era un seductor de primera sin saberlo siquiera.

–Estoy preparada… ¿o prefieres entrar?

¿De verdad lo había invitado a que entrara? La última vez que estuvo allí…

Él miró por encima de ella y echó una ojeada al apartamento como si fuese la primera vez que lo veía. Evidentemente, no se acordaba de haber estado allí.

Dejó a un lado esos pensamientos y se preguntó qué pensaría él de ese apartamento de dos dormitorios en una antigua zona residencial de Santa Mónica. No se veía el mar, no estaba en una zona de moda y no tenía muebles elegantes ni una cocina de última generación. Sin embargo, era suyo y le encantaba tener cosas suyas.

–En otro momento –contestó él con cortesía–. Creo que deberíamos ir yendo…

Emma cerró el apartamento con llave y Dylan la

tomó del brazo para llevarla hasta la limusina que estaba aparcada en la acera.

–Adelante –el conductor abrió la puerta, ella se montó y Dylan la siguió–. Todavía no me han dado permiso para conducir –le explicó él mientras se sentaba enfrente de ella.

Sin embargo, tampoco parecía que le resultara raro que lo transportaran en una limusina.

–Gracias otra vez por acompañarme.

A ella volvió a extrañarle su sinceridad.

–De nada. La verdad es que me apetece mucho.

Él la miró fijamente y esperó a que lo explicara un poco más. Ella se encogió de hombros.

–Es que mi infancia tampoco fue un camino de rosas. Si puedo hacer algo por esos niños, aunque sea indirectamente, estoy dispuesta. Pero… ¿qué tal estás tú? Es tu primera aparición en público desde…

–¿El accidente? –él apretó los labios y suspiró–. Digamos que me alegro de que estés aquí.

–Pero tu equipo estará esperándote…

–Mi representante y mi asistente personal son fantásticos, no me interpretes mal, pero solo me ven de una manera. Creo que no entienden lo complicado que ha sido todo esto para mí. Perder estos días y perder a Roy me han puesto en una situación de desventaja a la que no estoy acostumbrado. Son como páginas arrancadas de mi vida.

Ella podría rellenar algunos de esos huecos si tuviera el valor. Él le tomó la mano y puso sus dedos entrelazados sobre el asiento que había entre los dos.

–Brooke tenía un buen motivo para abandonar el barco hoy. Me alegro de que tú no hayas hecho lo mismo.

–No lo habría hecho nunca.

–Lo sé, y por eso te pedí que me acompañaras, sé que puedo contar contigo.

Llegaron al hospital infantil, que era un edificio precioso con paredes de mármol y un estilo moderno. La limusina aminoró la velocidad hasta que se paró en el camino circular que llevaba a la entrada.

–¿Preparada para el espectáculo?

Unos periodistas esperaban como buitres y empezaron a sacar fotos antes incluso de que el conductor se bajara de la limusina. Dylan era noticia allá donde fuera y su primera aparición en público desde el accidente era una primicia. Ella reconoció a Darren, su representante, y a Rochelle, su estirada asistente personal, que también esperaban a la entrada.

–Preparada –contestó Emma con más seguridad en sí misma de la que sentía.

Dylan suspiró como si estuviese reuniendo fuerzas e hizo un gesto con la cabeza al conductor, que tenía la mano en el picaporte. Se abrió la puerta y se oyó una ráfaga de disparos de máquinas fotográficas. Dylan se bajó, saludó con una mano a la gente e introdujo la otra mano en el coche para ayudarla. Salió de la limusina y Dylan la arrastró hacia el hospital. Un directivo del hospital fue a recibirlos y se hicieron las presentaciones mientras el servicio de seguridad se cercioraba de que ningún periodista entraba en el vestíbulo. Su representante y su asistente personal también los siguieron sin perder de vista a nadie. Aun así, Emma vio cámaras contra los cristales de las ventanas y sacaron fotos de Dylan y su comitiva mientras recorrían los pasillos con Richard Jacoby, el administrador del hospital, y otros directivos.

El señor Jacoby se detuvo ante una puerta doble y se dio la vuelta para dirigirse al grupo.

–Los niños están emocionados de conocerte, Dylan. Hemos reunido aquí, en la sala de los médicos, a los que están reponiéndose. Luego, subiremos a ver a los que todavía están en tratamiento.

Emma dio por supuesto que se refería a los que no podían levantarse de la cama. Se le encogió el corazón y se preparó para lo que se avecinaba.

–Después, rodaremos el vídeo promocional con Beth y Pauly.

–Me parece muy bien –replicó Dylan.

–Anoche proyectamos *His Rookie Year* para que todo el mundo supiera quién eres, aunque la mayoría ya lo sabía. El personaje de Eddie Renquist es muy conocido.

No había ganado ningún premio con esa película, apta para todos los públicos, pero sí había ganado mucho público juvenil… y estaba entra las diez favoritas de Emma.

–Adelante.

El señor Jacoby abrió las puertas y entraron en una sala llena de niños de todas las edades sentados en asientos para personas mayores, con los ojos como platos y unas sonrisas de oreja a oreja. Los más pequeños lo llamaban Eddie y solo le hacían preguntas de béisbol, como si fuera un deportista famoso, como el personaje de la película. Dylan era bastante entendido, pero les recordó que solo estaba interpretando un papel. Algunos lo entendieron y otros no se quedaron muy convencidos. Las niñas estaban como en una nube. Las adolescentes le decían que era guapísimo y que les encantaba, mientras que las más pequeñas querían estrecharle la mano o darle un abrazo.

Dylan no escatimó abrazos, se rio con los chicos, estrechó manos y recitó frases de las películas cuando se lo pidieron. A algunos de los niños les estaba saliendo pelusa en las cabezas afeitadas. Eran los afortunados, los que acabarían marchándose a casa para llevar una vida normal. Algunos llevaban corsés para la espalda o la pierna escayolada y otros iban en silla de ruedas, pero, en general, todos reaccionaron positivamente a Dylan. Él se portaba bien con ellos y consiguió que Emma también participara en la conversación varias veces.

—Es mi amiga Emma. Organiza fiestas y sabe mucho de todo —le presentó él.

—¿Alguna vez has organizado una fiesta de Cenicienta? —le preguntó una de las niñas pequeñas.

—Cenicienta, Bella y Ariel son amigas mías.

Un grupo de niñas la rodeó y empezó a hacerle docenas de preguntas. Dylan la miró a los ojos y asintió con la cabeza mientras seguía recorriendo la sala. Después de haber saludado a todos y cada uno de los niños, se quedó al fondo de la sala y preguntó si les gustaría cantar unas canciones.

—Emma tiene muy buena voz y sabe muchas canciones.

No se le daba mal entretener a los niños, pero eso no se lo había esperado.

—Ah, claro, me parece muy bien.

Cantaron algunas canciones de Taylor Swift y Katy Perry y también cantó algo de *Frozen* para los más pequeños. Hasta que el señor Jacoby le hizo un gesto de que se había acabado el tiempo. Dylan se acercó a su asistente personal, quien le dio unas tarjetas.

—Gracias por haberme dado la ocasión de conoceros —les dijo a los niños—. Voy a recorrer la sala otra vez y os daré unos pases para que veáis la película con vuestras familias.

Después, se montaron en el ascensor para subir a la tercera planta, donde los niños realmente enfermos estaban en la cama. Lo que dejó pasmada a Emma fue lo contentos que estaban todos a pesar de las cabezas afeitadas, los tubos y cables que les salían del cuerpo y las máquinas que zumbaban. Esa aceptación incondicional y esa alegría sincera eran emocionantes y conmovedoras. Emma rezó en silencio por todos ellos y deseó que la desgracia no los golpeara tan pequeños, pero su entereza era admirable y muchos adultos, como ella, tendrían que aprender de ese júbilo y esa gratitud.

Dylan los trató como a los otros, sin que la lástima se reflejara en sus ojos, con compañerismo y amistad, como si fuera uno más de ellos. Habló de cine, béisbol y la familia con esos niños maravillosos.

—Hay mucho que aprender —comentó Dylan cuando estuvieron solos en el pasillo.

—Son unos chicos encantadores.

—No deberían pasarlo tan mal, deberían poder ser niños.

Para Dylan, no era una ocasión para hacerse la foto.

—Vaya, eres blando. ¿Quién iba a decirlo?

Ella lo sabía, lo había visto con sus propios ojos y había averiguado algo sobre Dylan. Su compasión por los menos afortunados era impresionante.

—Shhh… No querrás arruinar mi imagen, ¿verdad? —le preguntó él con una sonrisa.

—No, no seré yo.

Su representante y su asistente personal lo llamaron y se excusó. Cuando volvió, tenía el ceño fruncido.

—Pauly, el niño que iba a grabar con nosotros, ha tenido una recaída. No puede hacer el vídeo promocional en este momento. Me dan la posibilidad de hacerlo solo con Beth, de elegir a otro chico o de esperar a Pauly. El equipo de grabación está aquí y todo está preparado, pero Pauly estaba muy ilusionado. Según me han contado, no ha hablado de otra cosa durante toda la semana —Dylan se pasó una mano por la cara—. ¿Qué opinas?

¿Estaba pidiéndole consejo? Ella no sabía nada sobre los aspectos técnicos del asunto ni sobre el coste que suponía, pero solo podía contestar una cosa.

—Yo esperaría a Pauly. Si tiene esta ilusión, podría ser crucial para que se recupere.

Dylan sonrió y la miró con alivio.

—Eso era lo que yo también estaba pensando —se inclinó hacia delante y le dio un beso en la mejilla—. Gracias.

Se dio la vuelta antes de fijarse en la expresión de pasmo de ella. La había besado otra vez. Tiene que ser por el entorno, por los niños, por todo lo que había hecho para levantar el ánimo en el hospital infantil, eso era lo único que ella podía interpretar.

Poco después, cuando salían del hospital, los buitres de la prensa seguían esperando, sacando fotos y haciéndole preguntas desde detrás del cordón de seguridad. Ella se quedó retrasada, con Darren y Rochelle, y comprobó lo bien que manejaba Dylan la situación.

—Haré una breve declaración —Dylan levantó una mano para apaciguarlos—. Como veréis, estoy recuperándome bien y volveré pronto al trabajo, pero hoy no se trata de mí, se trata del trabajo maravilloso que está haciendo el hospital con los niños. Los médicos y todo el personal están plenamente entregados y deseosos de hacer todo lo posible. Esperamos que hoy hayamos aportado algo al hospital infantil. Visiten su página web para ayudar a estos niños tan valientes. Gracias.

Una vez dicho eso, montó apresuradamente a Emma en la limusina y salieron a tal velocidad que no le dio tiempo ni de abrocharse el cinturón de seguridad.

—Caray…

Ella vio, por primera vez en el día, que tenía gotas de sudor en la frente.

—Dylan, ¿te pasa algo?

Él se encogió de hombros y dejó caer la cabeza sobre el reposacabezas.

—No me siento bien del todo.

—¿Mareos? ¿Vértigo? —preguntó ella mientras se abrochaba el cinturón.

—No, es un poco… disparatado, ¿no? No acabo de sentirme como siempre.

—Es comprensible, Dylan. Has pasado un mal trago, pero lo has hecho como un profesional.

Él se giró para mirarla y sacudió la cabeza.

—Quizá debería haberte mantenido al margen. Es posible que tu foto salga en la portada de alguna de esas revistas.

—Oí algunas preguntas sobre la pelirroja —Emma había vivido suficiente tiempo en Los Ángeles como para saber lo ávidos que podían ser los paparazis—. Tú no le has contestado…

—¿Acaso crees que iban a creerme si les dijera que eres una amiga de la familia? ¡Jamás! Que hagan conjeturas.

—Eso, que hagan conjeturas.

Nunca adivinarían que era la aventura de una

41

noche de la que no se acordaba Dylan McKay. En ese momento, era una historia para la prensa sensacionalista.

—Gracias por haberme acompañado. Todo ha sido distinto.

Era su hermana suplente y no le importaba, al menos, ese día.

—Yo también me alegro de haber venido. Además, si de paso te he ayudado, mejor todavía.

—Me has ayudado —Dylan se inclinó hacia delante, le dio un beso que pareció eternizarse en sus labios, se retiró y cerró los ojos—. Gracias.

Ella estaba segura de que las hermanas suplentes no recibían besos así. En realidad, no recordaba nada de sus besos y eso la dejó perpleja. Un hombre como Dylan… Mejor dicho, una no debería olvidarse de algo así aunque se hubiera bebido todos los mojitos del mundo y estuviese en pleno apagón.

La fiesta de los Montalvo transcurrió sin incidentes. Emma estaba orgullosa del montaje que habían hecho para la fiesta de los años cincuenta y un productor teatral que había asistido había contratado allí mismo a su empresa para una celebración parecida. Había sido una noche triunfal.

Había trabajado como una mula durante las semanas anteriores. Brooke tenía la cabeza en las nubes después de la cita con Royce y ya se habían visto tres veces desde entonces. A ella no le había importado tomar el relevo, pero había estado tan cansada y con las defensas tan bajas que Brooke le había contagiado el resfriado. En ese momento, las dos se encontraban mal, pero si bien Brooke se limitaba a moquear y estornudar, Emma también tenía revuelto el estómago. No pudo ver comida durante días y la idea de comer algo, aunque fuese fruta, le daba náuseas incluso en ese momento… y solo faltaban cuatro días para el torneo de golf.

—Emma, tienes que organizarte —se dijo a sí misma.

Estaba tumbada en la cama con la esperanza de ganar fuerzas cuando no le dio tiempo para mirar hacia otro lado y vio un anuncio de una hamburguesa enorme en la televisión. El estómago se le puso del revés y las piernas le flaquearon cuando se levantó para ir corriendo al cuarto de baño. Se arrodilló con la cabeza en el retrete justo cuando el estómago se le contrajo.

Maravilloso… Se sentó en los talones después de vaciar la cisterna. Las pocas fuerzas que tenía esa mañana se le habían ido por la cañería, pero el virus de la gripe no podría con ella, no se perdería el acto benéfico que se avecinaba. Se agarró a la encimera y se levantó. La cabeza le dio vueltas, pero consiguió centrarse e hizo a acopio de todas sus fuerzas para mantenerse de pie.

—Muy bien, Emma —se susurró a sí misma—. Puedes hacerlo.

Se apartó del lavabo con mucho cuidado. La cabeza había dejado de darle vueltas y dio las gracias a los dioses de la gripe, pero, de repente, sintió un dolor muy intenso en el abdomen. Se lo agarró y volvió al retrete. Se agachó y vació lo poco que le quedaba en la taza de porcelana.

Una hora después, cuando había conseguido acostarse otra vez con el cuerpo tembloroso y los huesos como espaguetis, agarró el móvil y llamó a Brooke.

—Hola… —susurró.

—¿Qué pasa?

—Estoy fatal, Brooke, no puedo levantarme de la cama. La gripe.

—Lo siento. Te la he contagiado y estás llevándote la peor parte.

—Estoy agotada. Intentaré ir más tarde a la oficina.

—Ni se te ocurra. Tienes que quedarte todo el día en la cama y descansar. Tengo las cosas controladas. Ya sabes que hemos ido cumpliendo todos los plazos con el acto benéfico. Solo tengo que ocuparme de un par de detalles de última hora. Descansa y mejórate para el viernes.

—De acuerdo, creo que tienes razón.

—Duerme, es lo mejor para ti.

—Gracias. Brooke, no voy a perderme este fin de semana por nada del mundo.

—Me pasaré más tarde y te llevaré sopa.

Emma cortó la llamada, apoyó la cabeza en la almohada, cerró los ojos y durmió todo el día. Se despertó iluminada por la tenue luz que le llegaba de la lámpara de noche de la pared de enfrente y parpadeó. Fuera estaba oscuro, pero ella estaba protegida, a salvo. Desde el apagón, dejaba alguna luz encendida día y noche para no estar sola en una oscuridad absoluta. También tenía una balda en el dormitorio llena de velas, con olor y sin él, le daba igual siempre que fuesen útiles. También se las llevaba cuando viajaba, por si acaso, y también había empezado a llevar una linterna pequeña en el bolso.

Miró el móvil y vio que eran las siete y veinticinco. Había dormido nueve horas, aunque, curiosamente, no se sentía descansada, ni hambrienta. La idea de la comida le daba arcadas.

Llamó Brooke, hablaron media hora y repasaron los últimos detalles; la cena, el baile, la subasta anónima y la rifa. Había que comprobar muchas minucias cuando pagaban dos mil dólares por cabeza y estaba previsto que asistieran ciento cincuenta invitados.

–Hasta mañana, Brooke –se despidió Emma con optimismo.

El estómago se le había apaciguado y creía que lo peor ya había pasado. Al día siguiente por la mañana se dio cuenta de que había creído mal. Vació el estómago dos veces antes de que se le asentara. Consiguió ir a la oficina, pero Brooke la mandó de vuelta a la cama en cuanto vio su cara demacrada, y ella no tuvo fuerzas para discutir.

Todo seguía igual el jueves. Se pasó toda la mañana en el cuarto de baño y empezó a tener sospechas. Podría no ser gripe, podría ser otra cosa, podría ser algo para toda la vida, algo que no se curaba con sopa y descanso. Dominó los rugidos del abdomen, se vistió apresuradamente y, con los ojos como platos, fue a la farmacia más cercana. De vuelta en casa, orinó tres veces en tres varillas a diferentes horas del día, y el resultado fue siempre el mismo. Encendió al ordenador portátil e investigó sobre un asunto que había creído que estaba a años luz de ella.

Ya estaba todo lo segura que podía estar, tenía todos los síntomas, y Dylan McKay la había dejado embarazada en el apagón.

Capítulo Tres

–Brooke, estás intentando disimular una sonrisa. No me engañas.

–No intento engañarte, Emma. Me parece genial que mi hermano y tú…

–No, de verdad, no fue así.

No podía ocultarle su embarazo a su mejor amiga. Además, era la hermana de Dylan. Ella la necesitaba en ese preciso momento, no tenía a nadie más a quien acudir. Tenía náuseas por la mañana, tenía que tomar decisiones inmediatamente y tenía que vérselas con Dylan antes o después.

–No tenemos una relación sentimental –añadió Emma.

Su amiga se sentó al lado de ella en el sofá e hizo una mueca con la boca hasta que no pudo contener la sonrisa, que se extendió por todo su rostro. Era un asunto que no tenía nada de gracioso, pero Brooke no pensaba lo mismo.

Le había contado a Brooke, sin adornos, lo que pasó aquella noche. Le había explicado que el pánico se adueñó de ella cuando se apagaron las luces en el club nocturno, que toda la cuidad se quedó a oscuras y que no estaba en condiciones de conducir hasta su casa.

Sin embargo, en vez de ir a recogerla Brooke, como había esperado, Dylan fue a rescatarla como habría hecho cualquier buena persona. Intentó dejarle claro a Brooke que había sido ella la que empezó todo, que le había rogado que se quedara con ella. Eso podía recordarlo, pero no podía recordar con precisión cómo transcurrió todo, eso lo tenía borroso, aunque lo llevaba dentro. Había estado aterrorizada y embriagada, y Dylan estaba allí. Esa noche había vivido su fantasía con él, pero eso no se lo contó a Brooke. Había cosas que era preferible no contarlas.

—Brooke, te lo repetiré y me cuesta reconocerlo, pero creo que aquella noche me abalancé sobre él. Te lo juro, no se aprovechó de mí.

Lo peor de todo sería que Brooke no podría reprocharle nada de aquella noche a Dylan.

—¡Emma, por favor! —Brooke se tapó los oídos—. No me des detalles, no puedo imaginarme así a Dylan —se quitó las manos de los oídos—. Sin embargo, eres muy amable por intentar protegerlo porque no quieres que tenga mala opinión de mi hermano. Lo entiendo, Em… y no lo entiendo. No hay culpables.

—De acuerdo, nada de detalles —como si pudiera acordarse de alguno—. Dylan no sabe nada de lo que pasó.

—¿Estás segura?

—Sí. Si lo recordara, yo lo sabría. No ha dicho nada sobre mi llamada de aquella noche ni sobre que fuera a recogerme al club. Cuando vino a mi apartamento, el día que estuvimos en el hospital infantil, no le pareció un sitio conocido. Estoy segura de que se le ha borrado aquella noche de la memoria.

—Yo también lo creo. Solo estaba cerciorándome de que no había indicios.

—No, ni uno.

—Vas a ser la madre de mi sobrino —Brooke la

miró un rato con cariño. Emma nunca le había oído un tono tan dulce– …y mi hermano va a ser padre.

Era precioso cómo lo planteaba Brooke, y ella podría dejarse arrastrar por lo maravilloso que era la maternidad, por estar gestando una vida nueva y porque un hombre como Dylan iba a ser el padre de su hijo, pero todo eso no podía hacer que olvidara la cruda realidad. Dylan y ella no habían previsto ese hijo y él no tenía ni la más remota idea de lo que estaba pasando, aunque su vida iba a cambiar para siempre.

–Brooke… Estoy haciéndome a la idea. Lo referente al bebé hace que me sienta… no sé, protectora y asustada, muy asustada.

–No te pasará nada. Me tienes a mí, y a Dylan. Él nunca te dará la espalda.

–Todo es tan imprevisto… En cierto sentido, tengo remordimientos por no haberle dicho nada sobre aquella noche. Quizá le hubiese despertado algunos recuerdos.

–Tendrás que decírselo, Em. Tiene derecho a saberlo.

Era inevitable que se lo dijera, pero esa conversación no le apetecía nada. Había sido como un hermano mayor para ella y ya nada volvería a ser igual.

–Ya lo sé, se lo diré.

–Perfecto. No estás en condiciones de acudir al torneo de golf, Em. Estás agotada y sigues teniendo náuseas por la mañana.

Emma se mordió el labio inferior. No quería perderse ese fin de semana, todas esas horas y toda esa planificación… Brooke la necesitaba, pero ¿cómo iba a hacer algo si estaba en el cuarto de baño cada dos por tres?

–Es verdad, pero estoy mejorando. Es posible que pueda ayudar por la tarde y la noche.

Brooke estaba negando con la cabeza. ¿Desde cuándo era su mamá osa?

–Está resuelto, Emma. No puedes ir, te sentirías fatal. Tengo a Rocky y a Wendy. He estado preparándolas y pueden hacerlo. No quiero que te preocupes de nada. Tienes que concentrarte en el bebé y en sentirte mejor. Lo haremos perfectamente.

–¿Estás diciéndome que no me necesitas?

–Estoy diciendo que nos apañaremos sin ti y que, naturalmente, te echaremos de menos. Tenemos todo a punto gracias a tu eficiencia. Tienes que tomarte este fin de semana para hacerte a la idea de todo esto. Eso es lo que quiero que hagas, eso es lo que necesitas.

Emma suspiró y, a regañadientes, asintió con la cabeza. No podía hacer su trabajo en San Diego cuando se le revolvía el estómago cada hora y se sentía como si le hubiese pasado un tractor por encima.

–De acuerdo, seré una niña buena.

–Ya es un poco tarde para eso –replicó Brooke con una sonrisa.

–¡A mí me lo vas a contar!

Brooke la miró con un gesto de arrepentimiento.

–No has defraudado a nadie, Emma, al contrario. Sé que no es la situación ideal en este momento, pero vas a tener un hijo con Dylan. Mi mejor amiga y mi hermano… ¿cómo no voy a pensar que es un poco maravilloso?

Brooke la rodeó con los brazos y ese abrazo le derritió el hielo que sentía en las venas. Estaba arropada por el consuelo, el apoyo y la amistad.

–¿Cómo lo haces para decir siempre la palabra acertada?

—¿Desde cuándo?

—Desde… ahora.

—Emma… ¿Quieres que te acompañe cuando se lo digas a Dylan?

—No.

Emma se apartó de su amiga. Tenía escalofríos solo de pensar en esa conversación, pero que la acompañara la hermana pequeña de Dylan… Le parecía una escena ridícula.

—Sería muy raro. Ahora mismo, ni siquiera puedo imaginarme nada de todo eso, pero creo que es un momento en el que debería estar sola con Dylan.

—Gracias —la expresión tensa de Brooke volvió a ser normal—. Estoy de acuerdo. Quiero mucho a mi hermano y te quiero mucho a ti, pero…

—Pero tengo que apechugar y aclararlo todo.

—Sí —reconoció Brooke con esa mirada cariñosa—. Algo así.

—Prométeme que no vas a preocuparte por mí este fin de semana.

—Si tú me prometes lo mismo, si no piensas ni un segundo en el torneo de golf.

Se miraron fijamente porque sabían con toda certeza que eso era imposible.

—Claro —concedió Emma.

—Captado —añadió Brooke con una fugaz sonrisa falsa—. Cuanto antes se lo digas a Dylan, mejor.

Brooke le dio un beso en la mejilla.

—Lo sé… y lo haré.

El problema era que no sabía ni cuándo ni cómo iba a reunir valor para hacerlo.

***

–Un poco de aire puro te sentará de maravilla, Emma.

Dylan entró en su apartamento llevando unos vaqueros y una camiseta con el símbolo de los Rolling Stones. Era una camiseta ceñida que insinuaba el torso fibroso que había debajo. Le miró a la cara antes de que empezara a babear y le sorprendió ese aspecto desaliñado que la atraía en tantos sentidos... ¡era ridículo!

–Brooke está muy preocupada por ti.

Dylan le había anunciado su visita con media hora de antelación y el mensaje de texto no le había dejado ninguna alternativa. Evidentemente, Brooke le había encomendado esa misión y ella había tenido que eliminar todas las pruebas de lo mal que había estado. Había recogido las mantas tiradas por el sofá y las había doblado, había rociado el cuarto con el ambientador de olor a canela, se había duchado y se había puesto un vestido de tela vaquera sin mangas y unas botas de cuero.

Últimamente, las tardes era cuando mejor se sentía y estaba casi segura de que podría verlo sin tener que salir corriendo al cuarto de baño.

–Me siento mucho mejor, Dylan. No hace falta que estés aquí, tendrás mejores cosas que hacer un viernes por la noche.

Él le sonrió con esa sonrisa deslumbrante que podía dejarte sin respiración o acelerártela. En ese momento, tenía la respiración parada en la garganta, pero se recordó que solo era un hombre... y el padre de su hijo.

–No, no tengo ningún plan y ya que estoy aquí, esperaba no cenar solo. Ven a casa conmigo. Maisey ha preparado una cena increíble. Podemos cenar en la terraza, hace una noche fantástica.

La resultaba tentador un poco de aire puro de Moonlight Beach. Tenía la sensación de llevar siglos encerrada en su casa. Él captó sus dudas y la miró con detenimiento para intentar evaluar su estado de salud. Ella no quería parecer desagradecida por el gesto, aunque sabía que había ido solo porque se lo había pedido Brooke.

–Brooke dice que no has comido nada. Necesitas una buena comida, Em.

Eso era verdad y su traicionero estómago rugió un poco, aunque, afortunadamente, él pareció no darse cuenta.

–No lo sé…

–Estás deseando. Ven un par de horas.

Era difícil negarse con la mirada de esos preciosos ojos azules como el cielo. Siempre sucumbía cuando los sentía encima. ¿Qué podía decir? Ella, como millones de admiradoras, estaba colada por Dylan McKay y sabía perfectamente que él no estaría allí si Brooke no se hubiese empeñado. No dejaría de ponerlo verde si no conseguía que ella estuviese bien cuidada esa noche.

¿Por qué le había puesto Brooke en esa tesitura? Era un detalle, pero ella no necesitaba la caridad de nadie. Llevaba mucho tiempo sin necesitarla y no iba a volver a hacerlo. Había aprendido a defenderse sola y no quería que la consideraran una obligación para aliviar la conciencia de alguien. Había decidido rechazarlo de plano, pero esos ojos devastadores no dejaban de mirarla y la expresión de su cara reflejaba cierta esperanza.

–Bueno, iré un rato, pero solo para que Brooke no te regañe.

Él levantó las palmas de las manos como si se defendiera.

–No sé qué quieres decir. Esto ha sido idea mía.

–Ya, y el sol no brilla en Los Ángeles –replicó ella resoplando.

Él miró por la ventana, vio que el cielo se oscurecía y sonrió.

–Ahora no brilla…

De acuerdo, podía cenar con él. Todavía no tenía por qué decirle la verdad, no estaba preparada. Además, él le informaría a Brooke de que todo estaba bien y podría pasar en paz el resto del fin de semana.

–Iré a por mi chaqueta.

Él asintió con la cabeza y con una expresión ridícula de satisfacción.

Unos minutos después, iban en su todoterreno negro por la autopista del Pacífico, con las ventanillas bajadas y sintiendo la brisa cálida de la primavera. Dylan, a quien acababan de permitirle conducir otra vez, estaba concentrado en la carretera y ella pudo mirar su perfil con tranquilidad. Tenía una belleza clásica: el mentón firme, la barbilla un poco prominente, la nariz lo bastante afilada como para encajar en su cara y unos ojos como el mar de Hawái, azul oscuro con reflejos color turquesa. El pelo era color pajizo por el sol y lo tenía un poco largo en ese momento, justo por encima de las orejas. Solía llevarlo peinado hacia atrás, pero había unos mechones que siempre se le escapaban por encima de la frente y que la volvían loca.

¿Su hijo tendría ese pelo y esos ojos o se parecería más a ella?

Se le encogió el estómago al pensar en la vida que llevaba dentro, que crecía a pesar de las náuseas. Necesitaba una comida nutritiva y la de Maisey era tan buena que no podía rechazarla.

–Ya estamos.

Dylan entró en el camino circular de su casa de la playa. Algunas veces, ella no podía creerse que todo aquello fuese suyo. Se había criado en una casa americana normal y corriente, era el hijo de la directora de un colegio y un ingeniero de caminos. El padre de Dylan murió un año antes de que se jubilara, pero Markus McKay había vivido una vida plena y feliz. Su amor por su esposa y su familia y la vida rebosante de generosidad y amabilidad que habían llevado le había devuelto a ella la fe en la humanidad.

Aparcó en el garaje con varios coches y fue a rodear el suyo para abrirle la puerta, pero ella fue más rápida. Se bajó sola, pasó por alto el gesto de decepción de él y se dirigió hacia la puerta de servicio.

–Espera, prisillas.

Dylan llegó a su lado y le abrió la puerta. Ella fue a entrar, pero él le tapó el paso con un brazo. De repente, sorprendentemente, se encontró atrapada entre la puerta y el cuerpo de él. Atrapada por su olor cautivador. Se le paró el pulso y lo miró a los ojos.

–Hazme un favor –él le levantó la barbilla con un dedo y a ella se le desbocó el pulso–. No finjas que estás recuperada para demostrar algo. Veo lo cansada que estás. Estás pálida y es evidente que has adelgazado.

Había dado en el clavo. Seguramente, el estremecimiento que sintió por dentro no se notó por fuera, pero le llegó hasta la punta de los dedos de los pies. Ya era asombroso que se fijara en su cuerpo, pero que se fijara en el mal aspecto que tenía era una forma de humillación nueva para ella.

¿Qué sería lo siguiente? ¿Comentaría algo sobre sus verrugas y sus lunares?

—Conozco el teatro lo suficiente como para reconocer una actuación. Solo pido que te relajes, que cenes bien y que pases un rato agradable. No tienes que fingir conmigo, sé natural.

Él bajó el brazo para dejarle pasar.

—Lo haré, doctor Dylan.

Solo faltó que Emma le hiciera el saludo militar y él arqueó las cejas por el sarcasmo de ella.

—Tu boca… Algunas veces me apetece…

Dylan le dio un delicado beso en los labios antes de que ella pudiera imaginarse sus intenciones. Ella se quedó sin respiración, pero se repuso en seguida.

—¿Callármela?

—Es una forma de decirlo —él se rio—, pero estaba pensándolo más bien como una manera de endulzar la acidez de tu lengua.

Pues le había callado la boca y se la habían endulzado con un beso diminuto. Dylan podía hacer esas cosas. Le habían concedido un temperamento que encandilaba a todas las mujeres que se cruzaban por su camino. Ella lo había comprobado una y otra vez. La prensa había mirado con lupa su reputación con las mujeres. Las portadas de las revistas, las entrevistas en televisión y las redes sociales lo habían desentrañado. No era un hombre al que iban a atarlo, pero había salido airoso con la prensa porque tampoco transgredía. Lo habían etiquetado como un hombre de una sola mujer y la mujer con la que salía en cada momento recibía toda su atención. Era inteligente por su parte y le evitaba problemas.

Sin embargo, había bastado que se cortara la

electricidad en casi toda la ciudad durante una noche para que esa reputación quedara en entredicho, y él no lo sabía todavía. Cuando ella hacía algo, lo hacía hasta el final.

Dylan abrió las puertas acristaladas de la sala en cuanto entraron en su lujosa casa. Entró una refrescante brisa con el olor salado del mar. Lo siguió a la cocina, donde él abrió la puerta que daba al patio con suelo de piedra y mármol al estilo italiano y unas frondosas parras que subían por una pared. También había unas mesas y unos cómodos asientos de exterior alrededor de un brasero muy grande y con unas vistas inmejorables del Pacífico.

—¿Quieres sentarte aquí fuera? —le preguntó él—. Calentaré la comida que nos ha dejado Maisey y tú podrás embeberte de esta brisa marina.

Ella prefería hacer algo con las manos que quedarse sola y sentada en la oscuridad.

—No, gracias, te ayudaré.

—Como prefieras, pero puedo apañarme. Maisey suele tener libres los fines de semana.

—¿Quieres decir que cocinas…?

Él sonrió, abrió una de las dos puertas de la nevera y sacó una fuente.

—Puedo hacer algo de comer, salvo que Maisey se apiade de mí y me deje algo maravilloso, como este pollo con salsa de limón —contestó Dylan mientras abría la puerta del horno.

—Impresionante.

—También puedo regar los platos y meter la ropa sucia en la lavadora.

Él le hizo un gesto y ella sacó de la nevera una cazuela con arroz y se la entregó a él. La metió directamente en el horno, al lado del pollo. Luego, dejó una cesta de pan con ajo y tomates secos al lado de una fuente con galletas de chocolate caseras. La mezcla de olores debería haberle revuelto el estómago, pero en cambio le despertó al apetito. No había tenido tanta hambre en toda la semana.

—Me impresiona tanta maña.

Dylan, mientras se calentaba la comida, se apoyó en la isla de mármol, se cruzó de brazos y la miró fijamente con esos ojos color azul celeste.

—Te olvidas de cómo me crie. Mi padre y mi madre esperaban que hiciésemos todas las tareas domésticas, como hacían ellos. Yo lavaba los coches, cocinaba, hacía la colada, hacía la cama y hasta limpiaba los retretes.

—No creo que sigas haciéndolo.

—No si puedo evitarlo… —reconoció él con una sonrisa y encogiéndose de hombros.

Ella se acordó de sus recientes visitas al retrete y no se lo reprochó.

—Tu padre y tu madre eran unas personas maravillosas que os educaron muy bien.

—Sí, pero a mí no me lo parecía en su momento. Yo era el que más trabajaba de mis amigos. Tenía que hacer una lista de tareas antes de que pudiera salir a jugar con el balón. Los fines de semana eran especialmente espantosos.

—Estaban forjando una personalidad, un personaje.

—Sí, y ahora interpreto personajes en la pantalla.

—Y todavía friegas los platos y te haces la comida. La última vez que hablé con tu madre, me dijo que estaba muy orgullosa de ti.

—Lo está ahora, pero no les hizo ninguna gracia

que dejara la universidad en el segundo curso para hacerme actor. Sobre todo, a mi padre. Tenía muchas esperanzas de que fuese médico. Él no había podido serlo y había depositado en mí todas sus esperanzas y remordimientos. Él había querido ser pediatra. –Dylan suspiró ruidosamente y se rascó la incipiente barba rubia de la barbilla–. Creo que lo defraudé de verdad cuando me fugué con Renee.

Emma había oído un millón de veces, a Brooke y a sus padres, que Renee no había sido una buena influencia para Dylan. A ella tampoco le había gustado. Le desgarró el corazón que Dylan se hubiese enamorado de esa belleza que encabezaba a las animadoras y que lo había convencido de que podía irle muy bien en el cine. Según ella, tenía contactos y podía hacer que viera a las personas indicadas.

–Es posible que no estuvieses destinado a ser médico. Tu padre vivió para ver tu éxito. Tuvo que llegar a saber que habías tomado la decisión acertada.

–Mi padre creía que yo no sabía lo que estaba haciendo, y es posible que no lo supiera. Renee era mi primera novia y estaba loco por ella –se encogió de hombros con impotencia y algo oculto y remoto se reflejó en sus ojos–. Ya está bien de historia antigua. ¿Te apetece beber algo? –Dylan volvió a abrir la nevera–. ¿Limonada? ¿Vino o cerveza? Maisey mantiene la nevera muy bien provista.

–Prefiero agua.

No podía fiarse de su estómago en ese momento. Además, había dejado el alcohol incluso antes de que supiera que estaba embarazada.

Dylan le dio una de esas botellas de agua color azul cobalto que son más caras que una copa de vino bueno y se sacó una cerveza tostada para él. Se le movió la nuez cuando dio un sorbo directamente de la botella. Ella desvió la mirada inmediatamente. No sabía disimular los sentimientos y tampoco quería que Dylan la sorprendiera mirándolo.

Habían tenido su noche y, desgraciadamente, ninguno de los dos la recordaba.

Sonó el móvil de Dylan, quien lo tomó de la encimera y frunció el ceño al ver la pantalla.

—Lo siento, Emma, pero tengo que contestar. Terminaré en seguida, pero es el jefe del estudio.

—Adelante, no te preocupes por mí.

Ella le hizo un gesto para que contestase y él asintió con la cabeza y un brillo de agradecimiento en los ojos. Salió de la cocina con el móvil pegado a la oreja. Emma sacó la ensalada de la nevera y buscó unas pinzas por los cajones. Encontró un par y se apoyó en la encimera mientras le llegaba la voz de Dylan.

—¿Carla cumple treinta años? Claro, le encantará una fiesta. ¿En tu casa? —se hizo una pausa muy larga—. Haré todo lo posible para ir, Maury. Sí, sí, estoy reponiéndome, gracias. El lunes volveré al trabajo. Gracias por la llamada, hasta pronto.

Dylan volvió a la cocina con el ceño fruncido y pasándose una mano por la cara.

—Lo siento, cosas de trabajo.

—Al parecer, Carla va a hacer una fiesta —ella ladeó la cabeza—. Lo siento, lo he oído.

—Sí, cumple treinta años. A Maury le gusta recordarme que no rejuvenece. Espera verme allí —añadió Dylan con un suspiro.

Emma sabía que Maury Allen tenía poder e influencia. Según Brooke, había estado presionando para que Dylan se comprometiera con su hija, pero

Dylan se había resistido hasta el momento y había sido una relación intermitente durante tres años.

–¿No quieres ir?

Él se apoyó en la encimera y levantó la cerveza.

–Maury se ha portado bien conmigo. Me dio la primera oportunidad y le debo lealtad. Si quiere que vaya al cumpleaños de su hija, iré.

Dylan McKay y Carla Lee Allen formaban una pareja increíble y estaban en los titulares fueran donde fuesen. Eran una pareja perfecta para todo el mundo. Eso hizo que se acordara de su situación y se le encogió el estómago. Le temblaron las rodillas y tuvo que sentarse. Dylan la agarró de un codo y la miró a los ojos.

–Emma, ¿te pasa algo? Estás pálida. Tienes que comer. Siéntate.

¿Por qué estaba tocándola todo el rato? Ya tenía bastante como para alterarse de esa manera por el más mínimo contacto de Dylan.

–De acuerdo, es posible que tenga que sentarme.

Dylan la llevó a la mesa del patio que estaba más cerca de la cocina.

–Espera aquí. Traeré la comida.

Se sentó, aturdida por el agotamiento, y miró el mar. Las olas rompían con suavidad en la orilla y las estrellas daban una luz tranquilizadora. Le llegó el olor del jardín vertical de su derecha y el conjunto hizo que se sintiera mejor. No era una flor marchita, nada le ponía tan nerviosa, menos estar solo en completa oscuridad. En general, y si se tenía en cuenta su espantosa infancia, se había defendido bien en la vida, pero le abrumaba todo ese asunto con Dylan, esperar su hijo en secreto, vomitar todas las mañanas y no hacer lo que tenía que hacer en Parties-To-Go. Estaban apremiándola por todos lados y no tenía el cuerpo a punto para luchar.

Dylan volvió con un montón de comida y empezó a servirla como si fuese la reina de Inglaterra. Luego, le ofreció la chaqueta de ante marrón que había llevado ella.

—Está refrescando —comentó él.

Ella asintió con la cabeza y él la ayudó a meter los brazos por las mangas.

—Ya está. ¿Mejor?

Emma asintió con la cabeza. La chaqueta le quedaba justa y se preguntó hasta cuándo podría usarla. Entonces, de repente, los ojos se le llenaron de lágrimas y los labios empezaron a temblarle. Tenían que ser las hormonas. Al parecer, Dylan no se dio cuenta, estaba demasiado ocupado cerciorándose de que ella tuviese de todo en la mesa.

—Come, Emma.

Él se sentó por fin y tomaron los tenedores. La comida estaba deliciosa y ella consiguió comerse la mitad de todo lo que tenía en el plato. Todo un logro si se tenía en cuenta que no había comido tanto desde hacía días.

—No estarás preocupada por tu figura aniñada, ¿verdad? —le preguntó él mirando su plato.

Su sonrisa y el brillo de sus ojos eran típicos de Dylan.

—¿Debería estarlo?

Él la miró lentamente de arriba abajo.

—No desde mi punto de vista.

Ella no tenía réplica. Él le había acariciado hasta el último rincón de su cuerpo y no tuvo ninguna queja que ella pudiera recordar. Consiguió esbozar una sonrisa, pero, de repente, se quedó sin fuerzas.

–La comida ha sido increíble. Estoy llena y satisfecha –aunque la verdad era que no se encontraba tan bien–. Por favor, dale las gracias a Maisey de mi parte.

–Se las daré.

–Dylan… Estoy agotada de verdad. ¿Te importaría llevarme a casa?

Él vaciló con un brillo parecido al fastidio en los ojos.

–Claro, si es lo que quieres…

Emma se levantó, pero una oleada de calor se adueñó de ella antes de que pudiera dar un paso y la cabeza empezó a darle vueltas. Le flaquearon las piernas y empezó a caer… hasta que Dylan la rodeó con los brazos y la dejó en el suelo.

–¡Emma!

Abrió los ojos al notar que la habían abofeteado.

–Emma, te has desmayado.

Vio dos Dylans que se inclinaban encima de ella con una rodilla doblada.

–¿De verdad?

–Sí, te has desvanecido unos segundos. Voy a meterte dentro y a llamar a urgencias.

–¡No, no! –ella se incorporó y enfocó los ojos otra vez–. No necesito que venga nadie.

–Llevas unos días enferma, deberías ver a un médico.

La firmeza de su voz la asustó. La cosa estaba torciéndose muy deprisa.

–No, no estoy enferma.

–Te pasa algo, Emma. Tengo que hacer algo…

–No, Dylan –ella miró su gesto de preocupación–. Sé lo que me pasa y no estoy enferma.

–¿No…?

–No –sacudió la cabeza–. Estoy… embarazada.

Capítulo Cuatro

–¿Embarazada? –¿había oído bien? Bajó la voz para intentar disimular la sorpresa–. ¿Estás embarazada, Em?

Ella asintió con la cabeza, se mordió el labio inferior y bajó la mirada. ¿Dónde estaba el padre? ¿La había abandonado? No sabía que hubiese estado saliendo con alguien. ¿Por qué sentía unas punzadas de un sentimiento que no quería nombrar?

–¿Estás segura?

–Sí –susurró ella con la mirada gacha todavía.

Parecía como si no se hubiese hecho a la idea. Le acarició con delicadeza los mechones que le caían por la frente. Eran como seda entre sus dedos y ella lo miró con esos ojos verdes.

–Muy segura –añadió ella tragando saliva.

–¿Puedo levantarte ya?

Él estaba agarrándole la mitad superior del cuerpo. Había estado a punto de caer sobre el suelo de piedra.

–Creo que sí, ya no estoy mareada.

Él sabía muy bien lo que era marearse. Afortunadamente, llevaba unos días sin marearse.

–De acuerdo, despacio…

Dylan acercó la cara a la de ella e inhaló un olor que le recordó a la lavanda. Ella le gustaba, Emma Bloom tenía algo dulce y auténtico. Había pasado mucho tiempo en la casa de los McKay cuando era pequeña y él siempre la había visto como a una

63

segunda hermana. Sin embargo, en ese momento, no sabía muy bien por qué se sentía tan unido a ella... ni por qué la besaba siempre que tenía la ocasión. Abrazarla y besarla era lo más natural del mundo últimamente.

La tomó en brazos, con los pechos aplastados contra su pecho, pero intentó no pensar en lo moldeables que eran. Siguió con ella en brazos cuando se levantó.

–¿Crees que puedes sujetarte de pie?

–Sí, creo que sí.

–No voy a soltarte del todo, te agarraré de la cintura, ¿de acuerdo?

Ella asintió con la cabeza. La cara había recuperado el color. No estaba sonrosada, pero tampoco estaba blanca como la cera, y eso estaba bien.

Estaba inusitadamente callada y tenía un gesto serio. El viento era más fuerte y estaba refrescando.

–Vamos adentro.

Dylan le rodeó la esbelta cintura con un brazo y avanzaron con pasos cortos. Dejaron atrás la cocina y fueron a la sala. Dylan se detuvo junto al sofá de cuero, el más cómodo de la casa, y la ayudó a sentarse. Ese silencio lo enervaba. ¿Estaba abochornada, asustada o arrepentida? No sabía qué decirle cuando estaba así.

–Gracias –farfulló ella.

–¿De verdad estás bien?

–Me siento mejor, Dylan.

–Deberías ir a ver a un médico.

Ella se miró las manos que tenía agarradas sobre el regazo, algo muy impropio de Emma.

–Pienso hacerlo.

–¿Lo sabe Brooke?

–Sí. Se lo conté hace poco.

–No quiero meterme donde no me llaman, pero ¿qué es del padre? ¿Lo sabe?

Ella negó con la cabeza. Dylan no quería entremeterse, pero Emma no había tenido una vida fácil. El niño no se merecía pasar por todo eso solo. Tampoco se le daban bien esas situaciones, pero Emma estaba allí y se había desmayado delante de él. Brooke se había marchado unos días y él tenía que dar un paso adelante.

–No voy a llevarte a casa hasta que esté seguro de que estás mejor.

–El doctor Dylan… –dijo ella con una mueca.

Parecía que la Emma Rae Bloom de siempre estaba volviendo.

–Tu amigo Dylan.

–Tráeme un vaso de agua.

Él se marchó. Cuando volvió, ella tenía los ojos cerrados, pero su rostro no indicaba tranquilidad. Se sentó a su lado y le dejó el vaso en la mano.

–Dylan… –susurró ella–. Tengo que hablar contigo.

–Claro, soy todo oídos.

Ella hinchó los pulmones como si estuviese preparándose para correr un maratón.

–Ya sabes cómo me crie. Mis padres adoptivos no eran muy cariñosos, pero me dieron una casa, me dieron de comer y me vistieron.

Eran unos bebedores y unos egoístas malnacidos, pero Dylan no iba a decirlo. Ella dio un sorbo de agua y siguió.

–Yo tenía unos diez años cuando Doris y Burt salieron una noche al pub inglés del pueblo. ¿No te acuerdas del que había en la calle Birch?

–Claro que me acuerdo: dardos y cerveza tostada.

Ella sonrió. Tenían las mismas raíces, aunque las suyas estaban llenas de malas hierbas y no de las preciosas amapolas que se merecían las niñas.

–Esa noche me habían acostado pronto y me habían dicho que me quedara allí. Yo sabía que, seguramente, no volverían hasta muy tarde. Lo que no sabía era que nos habían cortado la electricidad. No habían pagado la factura y esa noche cayó una tormenta espantosa, y temblé de miedo con cada trueno. Además, los rayos me aterrorizaron. Las luces de mi cuarto no se encendían y recuerdo lo oscuro que estaba. También había ruidos, ruidos atroces; las contraventanas que golpeaban contra la casa, el viento que aullaba, matojos que arañaban las paredes exteriores y parecían susurros diabólicos. Corrí al piso de abajo y encendí todos los interruptores que encontré, pero nada funcionó. Entonces, me acordé de que Burt guardaba una linterna en un pequeño armario debajo de la escalera. Entré en ese espacio y una corriente o algo así cerró la puerta. Me quedé toda la noche encerrada en ese espacio diminuto.

–Emma…

Dylan le tomó una mano y se la apretó. Ella tenía la cara inexpresiva, como si se hubiese congelado por dentro al recordar todo aquello. Podía imaginarse el terror que pasó aquella noche, pero no entendía qué tenía que ver con el embarazo, aunque siguió escuchando. Era posible que necesitase quitárselo de encima. Podía aprovecharse de él para librarse de ese peso si era lo que necesitaba.

–Fue la noche más interminable de mi vida. Lloré toda la noche, pero en silencio, por si aquellos sonidos diabólicos se materializaban en algo. Mis… padres llegaron por fin y estaba amaneciendo cuando me encontraron en aquel armario. Me dijeron que no había pasado nada, pero a mí sí me había pasado algo. A partir de entonces, mi cabeza se trastorna cuando estoy a oscuras.

–Es comprensible que te asustaras. Esos recuerdos tienen que ser espantosos para ti.

Ella apretó los labios mientras subía y bajaba la cabeza. Él esperó y ella lo miró a los ojos un rato después.

–Salto en el tiempo a dieciséis años después. Fue la noche del apagón y mi amigo Eddie estaba dando una fiesta en Sunset Strip. La bebida corría a espuertas y yo, por primera vez en mi vida, no me contuve. Mis amigos me llenaban la copa una vez detrás de otra y mi cabeza dejó de funcionar, como las luces. El club se quedó completamente a oscuras antes de que yo supiese lo que estaba pasando. Tampoco podía ver nada por las ventanas. Entonces, oí la lluvia. No era torrencial ni falta que hacía, bastaba con el golpeteo constante en el tejado. Empecé a temblar descontroladamente. Por suerte, tenía el número de Brooke en el marcador automático, si no, no habría tenido la coordinación para marcarlo… pero no contestó.

Dylan se inclinó hacia ella.

–Sigue, Em, ¿qué hiciste?

Ella cerró los ojos con todas sus fuerzas. Iba a costarle, pero también era probable que le sirviese para borrar ese recuerdo.

–Cuando no conseguí localizar a tu hermana, me entró el pánico y le di el teléfono a alguien que estaba sentado a mi lado –ella sacudió la cabeza y tomó aire–. Esa persona te llamó a ti.

Él arrugó la frente mientras rebuscaba en la memoria, pero no encontró nada.

–Yo… Yo pensé que Brooke a lo mejor estaba contigo.

–No me acuerdo de nada –reconoció él.

Ella tenía los ojos empañados de lágrimas y le dirigió media sonrisa, una de esas sonrisas desdichadas que le encogían el corazón a él.

–Estaba muy asustada.

–Lo siento…

–No lo sientas. Acudiste a rescatarme. Recuerdo que pensaba que irías, que si lo habías dicho, lo harías, que no me abandonarías. Estaba ansiosa por salir de allí.

–¿Qué pasó después? –preguntó él boquiabierto.

¿Y por qué no se lo había contado antes? Ella sabía que él estaba intentando recomponer aquellas horas que tenía perdidas.

–Lo tengo borroso, pero recuerdo que me encontraste en la oscuridad y que me sacaste de allí. Me llevaste a casa y… y…

Lo miró a los ojos y él lo captó con una claridad meridiana.

–No estarás diciéndome…

Él parpadeó sin terminar la frase. Ella no había dicho nada todavía, pero se le formó un nudo en las entrañas y supo lo que ella iba a decir, no porque lo recordara, sino porque ella le había contado la historia de su vida que llevaba hasta ese momento, y él tenía el papel protagonista.

–Yo no dejaba que te marcharas, Dylan –Emma bajó la cabeza y empezó a sacudirla–. Te rogué que te quedaras conmigo. Estaba completamente aterrada. Toda la ciudad estaba oscura como la boca de un lobo y sabías que me moriría de miedo si me dejabas. Por eso, aceptaste y luego… nosotros…

–¿Hicimos el amor?

Él no podía creerse que estuviera preguntándole eso a Emma, la amiga de su hermana pequeña, la que siempre conservaba el dominio de sí misma, la que nunca se arriesgaba, la que nunca se salía del camino recto y estrecho. ¿Se había acostado con Emma Rae Bloom?

–Fue culpa mía –contestó ella con los ojos rebosantes de lágrimas.

Él se estremeció a medida que fue viendo la escena. Emma había estado embriagada y asustada y él había ido a rescatarla… y la sedujo. Se frotó un ojo con un dedo.

–Estoy seguro de que no lo fue.

–No te dejaba que te marcharas. Te supliqué que te quedaras conmigo. Tú no parabas de decirme que me había equivocado, que todo aquello era un error, pero yo no escuchaba por el miedo y el alcohol. Solo te necesitaba a ti.

–No recuerdo nada. ¿Estás segura de que…?

Qué majadero era. ¿Cómo iba a preguntarle si estaba segura de que el bebé era suyo? Se lo habría preguntado si no hubiese sido Emma y habría exigido que lo demostrara, pero Emma no mentiría, no intentaría colárselo. Además, la historia de ella tenía sentido. Él no la habría dejado abandonada aquella noche, habría ido a recogerla si hubiese estado en apuros, pero también creía que no se aprovecharía de una amiga asustada por muy tentadora que fuera.

También era posible que su subconsciente hubiese sabido todo el rato que había estado con Emma. Quizá eso explicase por qué se sentía tan atraído por ella últimamente. Siempre la había considerado vedada, pero las cosas entre ellos habían parecido cambiar después del accidente.

–¿Estás segura de que estás embarazada? –terminó él con delicadeza.

–Bueno, no he ido al médico todavía, pero todas las pruebas fueron positivas.

–¿Cuántas te hiciste?

–Siete –contestó ella mirando hacia otro lado.

–Claro, para estar segura.

–Claro.

Dylan dejó escapar un suspiro. Sabía que lo primero que dijera iba a ser clave, pero estaba pasmado y no tenía ni idea de lo que pasó aquella noche. Se pasó una mano por el pelo y esbozó una sonrisa forzada.

–De acuerdo.

–¿De acuerdo?

–Sí. No puedo decir nada en este momento, Emma, pero no estás sola. Yo estoy aquí y lo resolveremos juntos.

Sabía muy bien que tendría que casarse con ella. Ningún hijo suyo iba a criarse sin un padre y una madre. Ya había visto bastante abandono y maltrato a lo largo de los años. Antes de que sus padres adoptaran a Brooke, muchos niños asustados e inseguros habían pasado por su casa hasta que habían encontrado una familia que los quisiera. Su hijo llevaría su apellido y gozaría de todo el amor y los privilegios que él pudiera darle. Sin embargo, ese no era el momento de pedirle a Emma que se casara con él. Los dos estaban aturdidos.

Estaba intentando ser encantador y paciente, pero ella sabía, por las arrugas de preocupación de la frente, que estaba desorientado. Ella también lo estaba, pero ya estaba enamorada de su hijo, del hijo de Dylan, y haría todo lo que hiciese falta para que las cosas saliesen bien.

Se levantó y Dylan también se levantó sin dejar de mirarla con preocupación.

—Tengo que ir al cuarto de baño.

—Te acompañaré.

—No hace falta. Ya no estoy mareada y sé dónde está.

Dylan apretó los labios con fuerza, pero no discutió y ella se alejó con pasos seguros hasta que entró en el cuarto de baño. Se mojó la cara y eso la reanimó. Cuando levantó la cabeza del lavabo, su reflejo la miró desde el espejo. Había recuperado el color y ya no tenía las piernas como gelatina. Era terapéutico desvelar un secreto como ese, como si se hubiese encendido la luz y pudiera volver a ver. Se sentía libre y aliviada, se había quitado un peso de encima.

Sin embargo, fue una sensación que solo le duró unos segundos. Salió del cuarto de baño y vio a Dylan apoyado en la pared con los brazos cruzados y gesto de preocupación. Se acercó a ella y le tomó una mano.

—¿Qué tal estás, Em?

El contacto más leve de su mano bastaba para despertarle las endorfinas. Aunque intentaban transmitirle júbilo, ella solo podía pensar en apartarse de él, en olvidarse de esa forma tan cariñosa de llamarla, en evitar lo que le daba tanto miedo como quedarse sola en la oscuridad, enamorarse completamente de él y quedarse destrozada en mil pedazos.

No la habían amado en toda su vida, pero que no la amase Dylan sería lo más doloroso.

—Estoy bien, mucho mejor, la verdad.

71

–Quiero que te quedes aquí esta noche.

–¿Por qué?

Lo miró a los ojos azules como el mar. No tenían un brillo autoritario, sino expectante, como todo él.

–No deberías estar sola esta noche.

–Vaya, ¿no fue así como me quedé embarazada?

Fue un chiste muy malo. En realidad, no fue un chiste, pero Dylan no se sintió ofendido y frunció los labios.

–Ojalá lo supiera.

–Para ser completamente sincera, yo tampoco me acuerdo. Mi cerebro estaba bastante… bloqueado y solo tengo destellos de lo que pasó.

Él asintió con la cabeza y la miro fijamente, como si todavía no pudiera creerse que habían hecho el amor, como si fuese algo que no le cabía en la cabeza. No dijo nada, pero tenía una expresión como si estuviera pidiéndole perdón.

–Para que conste, estoy segura de que el bebé es tuyo, y te agradezco mucho que no me lo hayas preguntado. No he tenido actividad sexual durante mucho tiempo.

Su rostro bronceado empezó a sonrojarse y era muy raro ver a Dylan McKay ruborizado.

–Me lo imaginaba.

Ella arqueó las cejas. ¿Acaso la había ofendido?

–Quiero decir, tú no me mentirías, Emma –le aclaró él–. Sé que estás diciendo la verdad.

Eso estaba mejor.

–No voy a quedarme esta noche, Dylan.

Él la había llevado a la cocina y le dio un vaso de agua.

–Has estado unos días enferma y te has desmayado hace unos minutos. Necesitas que haya alguien contigo.

Ella dio un sorbo y se tomó un momento para ordenar las ideas.

—No vas a estar pendiente de mí toda la noche, Dylan.

—No, pero tampoco tiene nada de malo que un amigo vea qué tal está una amiga, ¿no?

—Para eso están los mensajes de texto.

Él resopló y a ella le pareció sexy. Estaba metida en un buen lío.

—Vas a conseguir que no pegue ojo en toda la noche.

—Mira, puedes dejarme en casa y escribirme un mensaje de texto cuando vuelvas aquí. Te prometo que te escribiré en cuanto me despierte.

—¿Qué ha pasado con las llamadas?

—De acuerdo, te llamaré en cuanto me despierte.

—¿Y si estás enferma otra vez?

—Estoy segura de que irás a rescatarme.

Él se pasó la mano por la barbilla y pensó lo que había dicho Emma.

—Me gustaría que no fueses tan cabezota sobre esto.

—No soy cabezota, soy pragmática. Creo que necesitamos espacio… para pensar.

—Eso mismo pienso yo, pero no he dicho nada porque, en este momento, es más importante que recuperes la salud.

—Llevo cuidándome a mí misma desde hace casi veintiséis años. Puedo apañarme, te lo aseguro.

Él asintió con la cabeza y la miró con un gesto serio y paternal. A ella siempre le había espantado que hiciese eso. No era su tutor ni su hermano mayor.

—Muy bien, te llevaré a casa.

Llegaron a su edificio media hora más tarde y Dylan se empeñó en acompañarla a su apartamento para cerciorarse de que llegaba bien.

—Entonces, ¿aquí es donde... concebimos al bebé?

Él le miró el abdomen y ella sintió un calor abrasador a través de la tela vaquera, como si la hubiese acariciado. También sintió un ligero estremecimiento por todo el cuerpo.

—Sí... En el dormitorio, claro.

No iba a decir que era el escenario del crimen. Solo podía decir que la vida que estaba desarrollándose dentro de ella era maravillosa, estuviesen de acuerdo o no Dylan o cualquier otra persona.

—Claro —repitió él dirigiéndole una mirada penetrante.

Dylan la ayudó a quitarse la chaqueta y la acompañó a que se sentara en el sofá. Se sentó sin discutir, pero él no se sentó y recorrió la habitación mirando las fotos enmarcadas de la librería, los muebles y todo lo que había por allí con unos ojos nuevos, hasta que se dio la vuelta para mirarla.

—¿Te importa si echo una ojeada a tu dormitorio? A lo mejor me despierta la memoria...

Era algo muy raro, pero también lo entendía. Las cosas serían mucho más fáciles para Dylan si podía recuperar aquellas horas perdidas.

—Limítate a no mirar en mis cajones de lencería.

Él se rio y sus ojos sombríos resplandecieron por fin. Desapareció un minuto antes de volver con ella.

—¿Algún resultado? —le preguntó Emma.

—No —contestó él en tono abatido.

Entendía su decepción. Lo único que recordaba de aquella noche era un cuerpo musculoso encima del de ella y cuánto le tranquilizó su presencia. Después, se dejó llevar por el abrazo de sus brazos y cayó en un sueño narcótico. Cuando se despertó con una resaca descomunal, Dylan se había marchado.

Al día siguiente, el apagón era cosa del pasado en casi toda la ciudad. La electricidad había vuelto y todo volvía a ser normal para casi todo el mundo. Además, la asombrosa muerte de Roy Benjamin en el plató de la nueva película de Dylan McKay había acaparado todos los titulares.

En ese momento, Dylan y ella estaban empatados, ninguno de los dos sabía cómo había transcurrido aquella noche. Existía la posibilidad de que Dylan no recuperara nunca ese tiempo y la memoria de ella estaba borrosa, como mínimo.

—Lo siento.

—No lo sientas. Era muy poco probable.

Él sonrió, pero no se le reflejó en la cara y miró el impresionante reloj de muñeca.

—Son las diez y media. ¿A qué hora te acuestas?

—A las once.

Él se sentó a su lado.

—A ver si lo adivino. ¿No vas a marcharte hasta que me haya acostado?

—Me gustaría quedarme.

¿Cuántas mujeres matarían por recibir esa oferta de Dylan McKay?

—Voy a leer un rato en la cama antes de apagar la luz. Puedes marcharte ya.

—Estás intentando librarte de mí —se quejó él pasándose una mano por la cara.

—Porque no necesito que seas mi canguro. Estoy bien.

–Entonces, me marcho –él se levantó y ella pudo observar toda la extensión de su cuerpo mientras se desplegaba–. Te mandaré un mensaje a las once para ver qué tal estás.

–Así me gustan los hombres –bromeó ella.

Se levantó y se sorprendió de lo estable que se sentía, sobre todo, si se tenía en cuenta que se había desmayado solo hacía unas horas.

–Te llamaré por la mañana.

Ella lo siguió hasta la puerta y cuando se dio la vuelta, estaban casi pegados. Él desprendía un olor a poderío y a lima que se le metía hasta lo más profundo de la nariz. El pelo pajizo le brillaba por la luz de recibidor y sus ojos, devastadoramente azules, se clavaron en los de ella.

–Pide una cita con el médico para la semana que viene. Me gustaría acompañarte.

No debería haberle sorprendido que quisiera acompañarla, pero que Dylan la acompañara a la ginecóloga sería una noticia descomunal si llegaba a saberse… y tendría consecuencias.

–¿Estás seguro?

–Completamente –contestó él sin dudarlo un segundo–. Te contaré la programación que tengo.

Él entrelazó los dedos con los de ella y dio un pequeño tirón para tenerla más cerca. Su maravillosa boca estaba a milímetros de la de ella.

–Emma, quiero que vengas a vivir a mi casa. Piénsalo y volveremos a hablarlo mañana.

Él adelantó la cabeza y sus labios se encontraron con los de ella. Fue un beso fugaz, pero sorprendente y magnífico, una muestra de lo que podría ser. Una provocación y una tentación.

Cuando abrió los ojos, él ya se había dado la vuelta y se había marchado.

Ella habría aceptado sin reparos si él se lo hubiese pedido por el motivo acertado, pero no la quería a ella, quería a su hijo… y ella no iba a volver a vivir la vida sin que la amaran.

No tomó un libro, tomó el teléfono y pulsó la tecla del número de Brooke. Ella contestó a la primera señal.

—Hola, Brooke. Soy yo. ¿Qué tal todo?

—Emma, es tarde. ¿Te pasa algo?

—Me siento bien en este momento. ¿Te he despertado?

—No. Estoy muerta, pero muy despierta. He terminado los preparativos de mañana. Rocky y Wendy están cumpliendo su parte y nos apañamos.

—Es una noticia muy buena. He estado pensando en vosotras todo el día. ¿Qué tal la subasta anónima?

—Bien. Ha habido muchas pujas y supongo que la organización benéfica sacará mucho dinero. Todavía no he hecho la caja. La haré esta noche, más tarde.

—Hazla mañana por la mañana, Brooke, pareces molida.

—Lo estoy, pero para bien.

Emma sintió que las punzadas de remordimiento eran más intensas. Pobre Brooke, el aspecto empresarial de las cosas no era su fuerte. Tenía un lado creativo inmenso y organizaba las fiestas como nadie, pero era inútil en cualquier cosa relacionada con las cuentas.

—Entonces, ¿no hay pegas para mañana?

Al día siguiente era el torneo de golf, el almuerzo de las viudas del golf y la cena con donativos y rifa. Todas las celebridades que jugaban al golf asistirían a la cena. Su asistencia hacía que los donativos fuesen mayores, pero a cambio de un precio muy elevado. Estaban acostumbrados a una cocina y un servicio exquisitos y los exigían, y era una tarea que la intimidaba más todavía.

–No, ni una.

–Perfecto –se alegró Emma con un suspiro de alivio.

–¿Qué tal te va todo a ti?

Brooke se lo preguntó con delicadeza, pero dejó muy claro a qué se refería.

–¿Hiciste que Dylan se sintiera obligado a comprobar cómo estoy?

–Sí, lo siento, pero estoy preocupada por ti. Entonces, ¿habéis estado juntos esta noche?

–Sí y yo… bueno… ya sabe la situación.

–¡Se lo has contado!

–No te alegres tanto –Emma hizo una mueca por el entusiasmo de su amiga–. Está tan aturdido como yo.

–Pero al menos sabe la verdad.

–Sí, pero nada despierta su memoria.

–Eso da igual. No puedes preocuparte por el pasado. Al menos, habéis dado un paso hacia el futuro.

Normalmente, le contaba todo a Brooke, pero esa noche no iba a contarle la oferta que le había hecho Dylan. No pensaba irse a vivir a la mansión de Dylan, y si Brooke lo sabía, se pondría del lado de su hermano en ese asunto. Podría ser muy difícil resistirse a dos McKay.

–Bueno, supongo… –se calló un segundo–. Me alegro de que las cosas salieran bien esta noche, y sé que mañana todo saldrá a las mil maravillas. Deberías acostarte. Es lo que yo voy a hacer. Te quiero, Brooke.

–Yo también te quiero. Que duermas bien.

Emma cortó la llamada, se desvistió y se puso el pijama. Se metió en la cama, apagó la luz de la mesilla y hundió la cara en la mullida almohada. Dejó escapar un sonoro suspiro. No había nada como una cama cómoda después de un día arduo. Sin embargo, la imagen de Dylan se presentó en su cabeza en cuanto cerró los ojos.

Le debía un mensaje de texto.

Alargó el brazo, tanteó en la mesilla para encontrar el teléfono y pulsó su tecla: *Estoy acostada y me siento muy bien. Buenas noches.*

Breve y amable. Hacía mucho tiempo que no escribía a nadie. Derek Purdy, el hombre al que llamaba «el majadero» cuando se acordaba de él, le había quitado las ganas durante el segundo curso de la carrera. Ni siquiera soportaba pensar en él, no se merecía ni un segundo de su tiempo.

Sin embargo, por otro lado, Dylan ya permanecería en su vida para siempre. No era un majadero y tendrían que escribirse a partir de ese momento… por el bien del bebé.

Capítulo Cinco

–Rodando –dijo el ayudante de dirección.

Dylan estaba en el plató exterior de Stage One Studio. El reparto y el equipo de rodaje se quedaron en silencio. Estaban en la misma calle polvorienta donde había muerto Roy y donde a él le había alcanzado la metralla. Si estar allí no le despertaba la memoria, nada lo haría. Era un profesional y los técnicos habían trabajado durante horas esa mañana para preparar la escena.

–¡Acción! –exclamó el director.

Dylan empezó a actuar. Titubeó una vez, mezcló las palabras, y miró a la *script* para que le recordara la frase.

–Me des o no esos documentos, el coronel va a enterarse de esto, Joe –leyó Marcy.

Repitieron varias veces la toma y Dylan dio lo mejor de sí mismo hasta que lo consiguió. Gabe Novotny, el director, se acercó a él y le puso una mano en el hombro.

–La primera escena tiene que costarte, pero ya está. ¿Cómo te sientes?

–No puedo mentir. Es bastante raro. Roy murió aquí y aquí estoy, haciendo mi trabajo sin él.

–Todos lo notamos, Dylan, pero has conseguido hacer la escena y la siguiente será algo más fácil.

Dylan no tenía más remedio. Había firmado un contrato, pero, en cierta medida, le gustaría abandonar la película a pesar de todo lo que había entrenado para convertirse en el marine John O'Malley.

–Espero que tengas razón, pero sigue siendo raro estar aquí.

Sabía lo bastante sobre el remordimiento del superviviente como para entender que la punzada que le atenazaba la boca del estómago no iba a desaparecer enseguida. Echaba de menos a Roy y si se hubiese montado en aquel coche en vez de él, como estaba previsto, sus cenizas estarían flotando por el Pacífico.

–Creo que volveré a mi caravana si hemos terminado por el momento.

–Un oficial de la policía de Los Ángeles se presentará en la oficina de producción en cualquier momento. Ha pedido hablar contigo y conmigo, con Marcy y los ejecutivos. También pidieron que estuviera Maury Allen, así que debe de ser algo gordo si la policía quiere que esté el jefe del estudio. Es posible que te acuerdes del oficial, nos asesoró hace unos dos meses.

–Ah, sí, el investigador Brice. Es seguidor de los Clippers. Estuvimos hablando de baloncesto.

–Es él. Se trata de la muerte de Roy, Dylan –Gabe se quitó las gafas y las limpió con el faldón de la camisa–. Me temo que no es una visita social.

–De acuerdo.

Gabe miró entre el bullicio de los técnicos que bajaban el equipo y vio a Marcy, que estaba hablando con las chicas de peluquería y maquillaje.

–¿Has terminado, Marce?

Ella cerró una carpeta, se puso de puntillas y le hizo un gesto con la mano.

–Voy.

Fueron andando a la oficina y una vez dentro, les presentaron otra vez al investigador Brice, quien iba vestido con un discreto traje gris. Todos se sentaron alrededor de una mesa larga, como si fuesen a repasar el guion. Sin embargo, no estaban actuando y, a juzgar por la expresión sombría del investigador Brice, las noticias no eran buenas.

–He venido para hacer algunas preguntas más sobre la muerte de Roy Benjamin. Después de haber investigado el accidente, se ha llegado a la conclusión de que el coche se había manipulado antes de que se rodara la escena. Hemos hablado con el supervisor del equipo de especialistas y nos ha confirmado que le dieron el visto bueno, que lo probaron antes de que se montara el señor Benjamin. Hay un lapso de tiempo con el que estamos trabajando. Hay treinta minutos entre el momento en el que terminó el equipo de especialistas y el momento en el que se hizo la toma.

–¿Qué está queriendo decir? –preguntó Maury con el ceño fruncido.

–El señor Benjamin debería haber saltado del coche antes de que explotara, pero creemos que alguien lo saboteó para que explotara antes de lo previsto.

–¿Con Roy dentro? –preguntó Dylan en un tono tan agudo que ni él lo reconoció.

–Efectivamente –contestó el investigador Brice con la voz ronca.

–Entonces, ¿cree que asesinaron a Roy?

–Es lo que he venido a investigar. Señor McKay, ¿se acuerda de algo de aquel día?

Él cerró los ojos con todas sus fuerzas, desesperado.

–No, de nada.

–Muy bien, si se acuerda de algo, llámeme.

El investigador Brice le entregó a Dylan una tarjeta de la brigada de homicidios. Él la miró fijamente. Todo eso le parecía increíble, como sacado de una de sus películas. ¿Quién iba a querer asesinar a Roy?

El policía interrogó a Dylan sobre su relación con Roy. ¿Cuánto tiempo habían sido amigos? ¿Cuánto tiempo había sido su doble? ¿Había tenido novias? ¿Cómo era? ¿Tenía enemigos? Dylan contestó con toda la sinceridad que pudo. Luego, cuando el investigador empezó con los demás, recordó los mejores momentos que había pasado con Roy. Tenían muchas cosas en común. A los dos les gustaba hacer ejercicio, a los dos les gustaban las mujeres y a los dos les gustaba el buen whisky.

Cuando terminaron de interrogar a Maury, Gabe, Marcy y los demás ejecutivos, todos empezaron a sacudir las cabezas. Estaban tan perplejos como Dylan. Entonces, Gabe recordó algo importante.

–En un principio, Dylan debería haber rodado esa escena –le comentó al investigador–, pero cambiamos un poco el guion y decidimos que podía ser demasiado peligrosa para Dylan.

–¿Es verdad? –le preguntó Brice a Dylan.

–No me acuerdo, pero eso es lo que me contó Gabe.

–No creo que se cambiara en el plan de rodaje de aquel día –añadió Gabe.

–Me gustaría que me facilitaran una copia, por favor –le pidió el investigador.

Gabe asintió con la cabeza y Brice se quedó en silencio mientras anotaba algunas cosas en una libreta.

–Muy bien, propongo, hasta que lleguemos al

fondo del asunto, que estén atentos a todo lo que pueda ser inusual en el estudio y que me informen de cualquier comportamiento sospechoso. Además, señor McKay, si no se conocía el cambio en el guion, es posible que usted fuese el objetivo, no el señor Benjamin. ¿Tiene enemigos?

Dylan levantó la cabeza y miró a los ojos al investigador Brice.

–Recibo todo tipo de correspondencia de los admiradores. Tengo una encargada para eso, pero no me ha comunicado ninguna amenaza.

–Creo que debería pedirle más detalles y que empiece a repasar su correspondencia para ver si encuentra algo raro. Es posible que usted vea algo que no ha visto ella.

–¿De verdad cree que Dylan era el objetivo? –preguntó Maury.

–Hay que tener en cuenta todas las posibilidades –contestó el policía encogiéndose de hombros.

Después del interrogatorio, Dylan fue a terminar la siguiente escena, pero le daba vueltas en la cabeza a lo que acababa de oír. No podía creerse que hubiera alguien que quería acabar con él. Quizá hubiese alguna exnovia descontenta, pero se llevaba bien con casi todas. Rebuscó en la memoria, pero no encontró nada ni a nadie que quisiera hacerle daño.

Se marchó nervioso del estudio y, ya en el coche, llamó a su equipo de seguridad para que patrullaran alrededor de la casa. Normalmente, cuando iba al estudio o hacía entrevistas iba con un guardaespaldas. Una vez resuelto ese asunto, llamó a Emma y ella contestó a la primera señal.

–Hola, soy yo.

–Hola, Dylan.

–¿Qué tal estás hoy?

–Mejor. He ido a la oficina y he trabajado un poco. Me gusta volver a ser productiva.

–Me alegro –él sonrió–. ¿Qué me dirías si te dijera que he pasado un día espantoso y que necesito una amiga? ¿Cenarías conmigo esta noche?

Ella se quedó en silencio y a él se le aceleró el corazón. Le impresionaba cuánto quería que ella aceptara.

–¿Es verdad? –preguntó ella.

–Sí.

Él oyó el suspiro de ella. No le gustaba que la presionara tanto y estaba aprovechándose de su bondad, pero era verdad que necesitaba una amiga. No podía contarle la visita del investigador Brice, y tampoco se la contaría aunque pudiera para no agobiarla. Le animaría verla esa noche y saber que estaba esperando su hijo, que todo ese tiempo que había perdido había tenido algo bueno.

–Entonces, claro, creo que podré hacerlo.

–Gracias –Dylan soltó el aire que había estado conteniendo–. Iré a recogerte dentro de media hora.

Emma se sentó enfrente de Dylan en el restaurante Roma. La tonta de ella se había puesto el vestido más bonito que había encontrado, un vestido de algodón color zafiro con muchos pliegues muy femeninos, sin mangas y atado al cuello. Se había vestido para él y la había recompensado con unas miradas ardientes mientras iban allí.

Miró alrededor y comprobó que las mesas del Roma no tenían manteles de cuadros ni centros con flores de plástico. Dylan estaba acostumbrado a lo mejor y había llegado a considerar que esos sitios tan exclusivos eran normales, pero ella no estaba acostumbrada a comer pizza en una carísima vajilla italiana ni a que un violinista fuese tocando de mesa en mesa.

–Hacen unas berenjenas al horno fantásticas –comentó Dylan–. Además, la pizza es al estilo antiguo, como en casa…

–Las berenjenas me parecen bien –eligió Emma cerrando la carta.

–Que sean dos, Tony –le pidió Dylan al camarero–. Y dos vasos de agua con gas.

Cuando se marchó el camarero, ella tomó un trozo de pan con ajo y romero.

–Dylan, puedes pedir vino o lo que quieras, no hace falta que bebas agua por mí.

Parecía como si esa noche le conviniera beber algo. Era un buen actor, el mejor, pero esa noche no estaba actuando. Tenía la guardia baja y ella podía notarlo en la palidez de su cara, en los ojos sombríos y en el gesto de su boca, que normalmente era preciosa.

–Gracias. Es posible que luego pida una copa de vino.

–¿Tan malo ha sido el día?

Él miró el inmaculado mantel blanco.

–Sí. Hemos rodado en el escenario donde murió Roy. Ha sido un día difícil para todos.

–Sobre todo para ti, me imagino.

–Sí. Ha sido raro y triste.

–Lo siento.

–Gracias. Supongo que no se puede hacer nada, que el espectáculo tiene que continuar.

Él dejó escapar una risa tensa que casi ni le movió la boca y ella quiso tomarle una mano o, incluso, abrazarlo. Parecía un poco perdido. Ella sabía lo que era sentirse así y se alegró de haber acepta-do su invitación a cenar.

–Basta de hablar de mí. ¿Qué tal estás tú?

–Estoy dispuesta a comerme una berenjena con queso y salsa y no se me ha revuelto el estómago solo de pensarlo, de modo que creo que estoy bien.

–¿Ya no tienes náuseas por las mañanas?

–No he dicho eso. Todavía tengo arcadas, pero se pasan enseguida y solo por la mañana, pero no quiero echar las campanas al vuelo.

–¿Has llamado al médico?

–Sí, la cita es para el jueves que viene a las diez.

–De acuerdo.

Dylan le comentó que el jueves no tenía rodaje y que había sido afortunada al conseguir una cita con la ginecóloga ese día.

–Si te surge algo, no pasa nada, puedo ir sola.

Quería decírselo. Podía hacerlo por sus medios si él no podía ir ese día. De repente, se remontó a los tiempos cuando estaba en manos de la benefi-cencia, cuando era una carga para quienes la ro-deaban. Entonces era una niña temerosa del futu-ro, pero ya no lo era. En ese momento, se aferraba a su independencia y la necesitaba tanto como el aire para respirar. Ser madre soltera ya no era nada del otro mundo y muchas mujeres lo eran sin pro-blemas. No esperaba que Dylan fuese su salvador.

–No me surgirá nada.

Dylan apretó los dientes mientras lo decía con firmeza. Era una estrella y el calendario se progra-maba alrededor de las necesidades de él, no al re-vés. Aun así, a ella no iba a pasarle nada si hacía sola ese asunto maternal.

–Brooke quiere acompañarme a otra cita –co-mentó ella–. También quiere participar.

–Me encanta, será una tía fantástica.

–Me ha apoyado mucho –reconoció Emma con una sonrisa.

–¿Qué opinas de ese tal Royce con el que ha estado saliendo? ¿Está tan bien como dicen?

Por fin, la conversación se desviaba de ella y se alegraba del cambio de tema.

–No lo he conocido todavía, pero sí está bien, a juzgar por el ramo de rosas rojas que hay en la mesa de ella. Va a verlo esta noche. Lo echó mucho de menos cuando estuvo fuera.

Dylan resopló antes de dar un sorbo de agua.

–Eso siempre me aterra.

–¿Por qué?

–Quiero que sea feliz –Dylan se encogió de hombros–. Ya ha tenido desengaños.

–Como todos –replicó ella.

Cerró los ojos, pero le dio tiempo de ver que Dylan arqueaba las cejas con curiosidad.

–Lo sé.

Ella lo miró sin disimular su sorpresa y los ojos azules de él se suavizaron inmediatamente.

–Brooke me habló de ese tipo con el que salías en la universidad.

–¿Cuándo te habló?

Lo preguntó en un tono defensivo que le fastidió mucho.

–Hace tiempo. No estoy indagando en tu vida, Emma. No pondría a Brooke en esa tesitura. Además, si quisiera saber algo, te lo preguntaría directamente. Sin embargo, mi hermana lo comentó hace unos años y no lo he olvidado porque pensé que te merecías algo mejor que un majadero que te maltrataba verbalmente. Se me quedó grabado, era como si quisiera haberle partido la cara.

Emma se imaginó a Dylan tumbando a Derek Purdy de un puñetazo y sonrió.

–Siempre has sido muy protector.

–No tiene nada de malo que un amigo defienda a otro amigo.

–Siempre lo he agradecido.

Era verdad. Dylan siempre había sido su paladín, siempre estaba del lado del desvalido. Era muy encomiable, pero en ese momento, con la situación del bebé, no quería que la consideraran desvalida en ningún sentido.

–Sin embargo, es agua pasada, Dylan, lo he olvidado.

Sirvieron la comida y dieron por terminada esa parte de la conversación. Emma atacó con cierta cautela, no se olvidaba de que tenía el estómago delicado y de que podía tener náuseas en cualquier momento, a pesar de lo que le había dicho a Dylan. Todavía tenía que acostumbrarse a la idea de comerse toda una comida sin pagarlo más tarde.

–Está delicioso.

El olor a queso fundido y el aroma del ajo le hicieron la boca agua.

–¿No es ostentoso para ti? –le preguntó él.

–¿La berenjena?

Él entrecerró los ojos para indicarle que ya sabía a lo que se refería.

–El sitio.

–Veamos. Estoy comiendo con unos platos de cerámica de Intrada hechos a mano mientras me tocan el violín. La cristalería de Waterford y el centro con una rosa blanca son un detalle bonito. No, diría que está a la altura del Vitello's original.

Él se limpió la boca con un brillo resplandeciente en los ojos por el sarcasmo de ella.

89

–¿Cómo sabes todo eso?

–Te olvidas de lo que hago para ganarme la vida. Mi trabajo consiste en saber sobre vajillas, cristalerías y arreglos de mesa.

–Es verdad, no lo había tenido en cuenta. Haces muy bien tu trabajo, pero no estás cómoda con todo esto, ¿verdad?

–No pasa nada, Dylan. No me quejo. Si es lo que se necesita para animarte, no tengo ningún inconveniente.

La sonrisa de Dylan se esfumó un poco mientras le tomaba la mano.

–Tú eres quien me anima. Me gusta estar contigo, Em, y no te he traído aquí para impresionarte, sino porque sabía que te gustaría la comida.

Los latidos del corazón le retumbaron en los oídos y no se le ocurrió una réplica ingeniosa.

–Ah…

Se dejó arrastrar un poco más por los ojos de él. Esos ojos habrían arrastrado a cualquier mujer y ella no era inmune. Su claridad la asombraba. Dylan sabía lo que hacía, con amnesia o sin ella. Su seguridad en sí mismo no tenía límites, pero no era arrogante ni remilgado, era perfecto… y eso era lo que más la aterraba.

–A lo mejor… A lo mejor deberías pedir algo de vino…

Ella lo haría si pudiera. Él negó con la cabeza sin dejar de mirarla a los ojos.

–No hace falta.

–¿Estás curado?

Él se rio y la sonrisa le dividió la cara de oreja a oreja.

–Por el momento.

Dylan le apretó un poco la mano y una descarga

90

eléctrica le subió por el brazo y se extendió por todo el cuerpo. ¿Qué estaba haciéndole? Había ido allí para levantarle el ánimo, no para caer hechizada por él.

–Termina la comida, cariño.

Él le soltó la mano mientras miraba su plato medio lleno, pero a ella le quedó una vibración muy placentera. Estaba rebosante de hormonas felices y contentas.

–Hablaremos del postre cuando hayas terminado –añadió él.

¿Postre? Ya se sentía como si se hubiese comido un helado de chocolate, el especial Dylan McKay… y no había nada más dulce.

Cuando volvieron a su apartamento, hizo un intento poco convincente de entrar con un gesto digno y distinguido.

–Dylan, de verdad, no hace falta que me acompañes hasta aquí –aseguró ella de espaldas a la puerta y con la mano en el picaporte.

Él arqueó las cejas y un mechón de pelo color pajizo le cruzó la frente. Ella estuvo tentada de apartárselo y pasarle los dedos por todo el pelo.

–Nunca dejo a una mujer en la acera, Emma, y ya sabes que menos todavía te lo haría a ti.

Lo sabía, pero no podía invitar a Dylan a que entrara. No le sobraba fuerza de voluntad en ese momento, aunque sabía muy bien lo que quería él.

–Muy bien, ya te has ganado otra estrella de oro.

–Tengo muchas.

Tenía que ser delicada al rechazarlo, aunque no fuese muy sutil.

–Gracias otra vez por la cena. Tienes que estar

agotado después del día que has pasado. Deberías irte a casa y acostarte.

–Lo haré enseguida, pero todavía no estás dentro y a salvo –él le tomó la mano para quitarle las llaves–. Déjame…

Ella estuvo a punto de dar un respingo y abrió la mano. Él tomó la llave y ella se apartó para que pudiera introducirla en la cerradura. La puerta se abrió con un chasquido.

–Gracias otra vez –repitió ella sin respiración y apoyando la espalda en la puerta.

Él se acercó tanto que ella pudo oler su loción para después de afeitado y sintió que se le despertaban todos los sentidos más eróticos. Estaba metida en un lío. Echó la cabeza hacia atrás, hasta la puerta, para apartarse de él y mirar los labios que estaban acercándose demasiado.

–¿Qué haces…?

–Darte las gracias como es debido, cariño.

–La berenjena fue un agradecimi…

Le tapó la boca con sus labios. No lo hizo con brusquedad o agresividad, pero tampoco fue una persuasión delicada, fue un beso muy equilibrado, que podía significar una docena de cosas que no eran necesariamente eróticas. Sin embargo, cuando levantó las manos para empujarle el pecho, él profundizó el beso y el equilibrio empezó a desaparecer. Dejó caer los brazos a los costados, no sería ella quien hiciera algo para quitárselo de encima. ¿Cómo podía pensar en poner fin a algo tan increíble?

Él puso una mano en la puerta, el lado de la cabeza de ella, y la maldita cosa empezó a moverse. Ella, torpemente, tuvo que retroceder dos pasos. Naturalmente, él la siguió sin apartar los labios de los de ella. Lo siguiente que supo fue que los dos estaban dentro de su apartamento oscuro y con la respiración entrecortada. Dylan dejó de besarla un instante para entrar un poco más y cerrar la puerta con el pie.

—Quién iba a habérselo imaginado —susurró él—. Estamos dentro de tu apartamento.

—Vaya, vaya —fue la brillante réplica de ella.

Estaba tan hechizada por la maravillosa forma que tenía de utilizar su lengua y sus labios que no podía pensar con claridad.

Entonces, notó su mano en el abdomen. Solo alguien que la conociera íntimamente podría distinguir el ligero abultamiento. Extendió los dedos y abarcó todo el vientre mientras dejaba escapar un sonido que le había brotado de lo más profundo de pecho.

—Quería acariciarte ahí, Em. No te importa, ¿verdad?

Ella negó con la cabeza.

—Sé que la situación no es la ideal, pero si alguna vez tuviese que elegir una mujer para tener un hijo, de todas las que conozco y con las que he estado, me alegro de que seas tú.

Había un halago en todo eso, ella entendía lo que quería decir, pero seguía habiendo inconvenientes, muchos inconvenientes. Se apartó de él.

—Encenderé una luz.

Dylan la agarró de la muñeca y volvió a atraerla hacia él. Se chocó contra su pecho y levantó la cara para mirarlo.

—No lo hagas, Emma. Estás a salvo conmigo, no tengas miedo.

Sí tenía miedo… de cómo podía acabar aquello.

—¿Qué quieres, Dylan? —le preguntó ella en voz baja.

Era como si no pudiera competir, no pudiera resistirse a él, no pudiera defenderse de él.

—Sinceramente, no lo sé. Me sientas bien, Em, me gusta cómo soy cuando estoy contigo… y no quiero marcharme todavía.

Ella se quedó clavada en el sitio por algo casi suplicante que captó en su voz. Entonces, le rozó la cara con la yema de los dedos, fue la caricia que siempre había soñado, y volvió a besarla lenta y cariñosamente, como si fuese un hombre que guardaba como oro en paño algo sagrado para él. Ella sabía que no era ese algo, que lo era el bebé. Lo entendía porque ella sentía lo mismo sobre la vida que estaba gestándose dentro de ella. No reprochaba al bebé las náuseas ni lamentaba lo más mínimo que ese bebé existiera. Sin embargo, había algo que no funcionaba. Sus besos eran nuevos y sus caricias eran excitantes, pero no las conocía como creía que las conocería. Ya se habían besado y acariciado cuando concibieron al bebé, pero no lo recordaba… a él.

—Dylan, somos amigos —dijo ella en voz baja.

—Podríamos ser algo más.

Ella se mordió el labio inferior cuando sintió una oleada ardiente en las entrañas y cerró los ojos para deleitarse con esa sensación. La pasión de Dylan se convirtió en la pasión de ella y casi ni se dio cuenta de que entraban más en la habitación, hasta que Dylan se sentó en el sofá y la puso sobre sus rodillas.

Su lengua se encontró con la de ella. Lo anhelaba y era inútil intentar resistirse a ese sentimiento. Cuando era una adolescente, antes de que él fuese famoso, Dylan siempre había sido suyo en su imaginación. Cedió a esos sentimientos y gimió cuando introdujo una mano debajo del vestido y la subió por el muslo hacia donde más lo anhelaba.

Dylan, sin embargo, sorteó ese punto y siguió hasta el abdomen. La acarició con delicadeza y ella pudo ver su coronilla cuando le dio un beso justo encima del ombligo, donde estaba alojado el bebé. Ella se derritió, los ojos se le llenaron de lágrimas y tuvo que morderse el labio inferior para contener un sonido ridículo y delator, pero tenía el corazón más entregado que nunca y le dolía como nunca había podido imaginarse que le dolería.

—Dylan… —susurró ella.

Él levantó la cabeza y sus miradas se encontraron en la oscuridad. El brillo de sus ojos reflejaba el amor que ya sentía por su hijo. Él sonrió y el miedo le atenazó las entrañas a ella. No tenía recursos para resistirse a Dylan cuando hacía eso.

Lo siguiente que supo fue que su mano estaba otra vez en el muslo y que se lo acariciaba para disiparle la aprensión y sustituirla por un tipo de tensión nueva.

—Eres muy suave, Emma, por todos lados.

Él, sin embargo, no lo era y era evidente por el roce de su entrepierna en la cadera. Estaban pisando un terreno peligroso y ella estaba demasiado cautivada como para dejar de hacerlo. La besó en la boca una y otra vez y su mano le hacía maravillas en el cuello, los hombros y el arranque de los pechos, hasta que las yemas de los dedos alcanzaron sus pezones y dio un respingo.

Un gruñido le brotó de lo más profundo del pecho, le tomó el pecho con la mano por encima de la tela del vestido y la besó a lo largo de las claví-

culas. Todo ardía, la pasión era el combustible y…
y entonces… el teléfono sonó.

Estaba sonando el teléfono fijo. Muy pocas personas sabían ese número y lo usaba para emergencias. Se puso en marcha en contestador y se oyó la voz de Brooke.

–Em, soy yo. Estoy buscando a Dylan. Ninguno de los dos contestáis el móvil y es importante. ¿Está por ahí por casualidad?

Dylan se incorporó inmediatamente. Emma le hizo un gesto con la cabeza, se colocó bien el vestido, encendió una luz y descolgó el teléfono de la pared de la cocina.

–Hola –le saludó Emma casi sin respiración.

–Holaaa –Brooke alargó la palabra–. ¿Te molesto…?

–No, no. Acabamos de venir de cenar. Dylan me ha traído y sigue aquí. Voy a buscarlo.

Sin embargo, ya estaba detrás de ella, con las manos en su cintura y dándole un beso en el hombro como si fueran una pareja de verdad.

–Hola, hermanita.

Emma se alejó para darle privacidad, pero el apartamento era pequeño y podía verlo y oírlo.

–¿Renee…? –Dylan suspiró y se calló unos segundos–. De acuerdo, me ocuparé.

Dylan colgó, cerró los ojos con fuerza y se frotó la nuca antes de darse la vuelta para mirarla. Se miraron a los ojos, se acercó a ella y le tomó las manos.

–Tengo que marcharme, pero quiero que me prometas que pensarás en la posibilidad de venirte a vivir conmigo. Podríamos pasar muchas más noches como esta. Quiero que estés conmigo, cariño.

Era demasiado y demasiado pronto, y la cabeza todavía le daba vueltas por lo cerca que habían estado de hacer el amor. Tomó aire y negó con la cabeza.

–No puedo prometértelo, Dylan. No estoy preparada para dar ese paso.

Él asintió con la cabeza y con unas arrugas de preocupación alrededor de los ojos.

–De acuerdo, pero me gustaría volver a verte, y pronto.

–¿Como si fuese una cita?

–¡Sí! –exclamó él, le gustaba la idea–. Creo que iremos paso a paso. Primero saldremos… ¿Puedes hacer eso?

–Creo que sí.

–¿En exclusiva?

¿En exclusiva con Dylan McKay? Le gustaba la idea, aunque nunca había salido con dos hombres a la vez…

–En exclusiva.

Él, satisfecho, le dio un casto beso de despedida y se marchó apresuradamente.

Ella se quedó preguntándose qué pasaba con su ex, Renee, y de qué había tratado la llamada esa. ¿Era ella la excepción de la regla de exclusividad de Dylan?

Capítulo Seis

Dylan se sentó a la mesa mientras la brisa marina entraba por la ventana y lo espabilaba. Se había escudriñado la cabeza todas las mañana con la esperanza de recuperar la memoria.

Abrió el cajón, sacó la chequera y rellenó un cheque con una cantidad de dinero mucho mayor que la que solía mandar a Renee. Los cheques mensuales no eran una fortuna, pero sí lo bastante como para ayudarle a que pudiera vestir, dar de comer y dar un techo a sus dos hijos. Tenía un exmarido atroz que la amenazaba cada dos por tres con quitarle a sus hijos, y Renee tenía que aumentar como podía sus escasos ingresos como camarera para poder mantener a su familia.

Vivía en una crisis permanente.

Hacía tiempo que él le había perdonado que le hubiese roto el corazón, pero no era culpa solo de Renee. Él se había dejado convencer para escaparse con ella. Había estado locamente enamorado, era joven e impulsivo y habría hecho cualquier cosa para que Renee fuese feliz. Habían participado juntos en una obra de teatro en el instituto y se habían hecho ilusiones. Más tarde, cuando tenían diecinueve años, le había convenido para que se fuesen a Los Ángeles a ser actores. La había acompañado consciente del riesgo, pero cuando el éxito no llegó lo para ella y los contactos de Renee se agotaron, fue difícil convivir con su decepción.

Hasta que un día la encontró entre los brazos de otro hombre, del director de un pequeño teatro, un hombre mayor con una vanidad descomunal que la había convencido de que estaban a un paso de la fama. No había sucedido y ella había tomado una mala decisión detrás de otra. Si bien la trayectoria de Dylan había acabado despegando gracias a la paciencia y la constancia, ella había renunciado a sus sueños, se había amargado con escepticismo y se desquició al casarse con alguien que trabajaba en esa industria. Había perdido todo contacto con ella hasta el año pasado, cuando le pidió a su hermana si podía ponerle en contacto con él.

Fue una conversación dolorosa, pero se conmovió al acordarse de la chica joven y vivaz que había sido. Ella le había pedido perdón y él la había perdonado de todo corazón. Nunca le pidió nada, pero él empezó a mandarle cheques cuando se enteró de que tenía un exmarido maltratador y alcohólico y le dio miedo que los chicos pudieran sufrir.

–Noc, noc.

Levantó la cabeza y vio a Brooke vestida con ropa de deporte azul en la puerta entreabierta.

–Hola –le saludó con una sonrisa–, pasa.

Una vez a la semana, Brooke y él iban juntos al gimnasio con vistas al océano Pacífico que tenía en la segunda planta.

–Buenos días, hermanito, ¿estás preparado para machacarte un poco?

–Casi –Dylan metió el cheque en un sobre, lo cerró y escribió el nombre de Renee–. No tienes que hacerlo, Brooke, puedo mandarlo por correo.

–No me importa, Dylan. Sé dónde vive.

–Está a más de media hora de la ciudad…

–Escucha. No soy una admiradora de Renee,

pero si necesita esto enseguida por los niños, no me importa dejárselo en el buzón. Así lo tendrá antes.

Dylan se frotó la barbilla.

—Su hija necesita que le operen los ojos, está presa del pánico por ese asunto.

—Es un buen gesto —le tranquilizó Brooke en tono comprensivo.

No lo hacía para que lo elogiaran y no lo sabía nadie, menos su hermana. Renee formaba parte de su pasado, había sido su amiga y amante y necesitaba ayuda. ¿No sería un hipócrita si participaba en actos benéficos y no ayudaba a alguien a quien conocía?

—Tienes un corazón muy grande —añadió su hermana.

—Puedo permitírmelo.

—Sí, pero ella te hizo mucho daño y yo no perdono tan fácilmente como tú.

—He tardado mucho tiempo en perdonarla.

—Pero has acabado haciéndolo y ella te dejó desgarrado, Dylan. Fue una traición de la peor especie.

—Ya no lloro por eso.

Sin embargo, sí había perdido la fe, y no era fácil que confiara en los demás. Había llegado a creer en el amor, pero ya había dejado de hacerlo. No había sentido algo parecido desde el último día que fue feliz con Renee. Entonces, se le vino la cara de Emma a la cabeza. Siempre le había gustado Emma y, al fin y al cabo, era la madre de su hijo. Salir con ella era el medio para llegar a un fin. Iba a casarse con ella y su hijo iba a tener su apellido. Al menos, confiaba en ella, como amiga.

Brooke tomó el sobre y lo guardó en el amplio bolso de lona.

–Vamos a quemar algunas calorías.

Una hora después, Brooke bebió agua de una botella con una toalla colgada del cuello.

–Estimulante, como siempre –comentó ella mientras miraba por el ventanal.

–No está mal –replicó Dylan mientras dejaba las pesas y se secaba la cara con la toalla.

–¿Estás preparado para hablarme de Emma?

–¿Emma? –Dylan se sentó en el banco, estiró las piernas y se bebió media botella de agua–. ¿Qué pasa con Emma?

Brooke le azotó el antebrazo con la toalla y él sonrió.

–Venga... –ella se sentó al lado de él–. ¿Qué hay entre vosotros?

–Eres un poco cotilla, ¿no?

–Me preocupo. Os quiero a los dos...

Dylan recordó la noche que pasó con Emma y la sorprendente y explosiva reacción que tuvo con él. Se había tomado ciertas libertades, pero ninguna que no hubiese deseado ella y la suavidad de su piel, el sabor de sus besos y el contacto voluptuoso de su cuerpo con el de él habían conseguido que pensara mucha veces en ella desde entonces.

–Le he pedido que viniera a vivir aquí, Brooke, pero no ha querido.

–No puedes reprochárselo. Ella también está dándole vueltas a esto y ya conoces su historia. Es...

–¿Cabezota?

–Independiente. Además, que seas famoso no implica que todas las mujeres del planeta quieran vivir contigo.

–No se lo he pedido a todas las mujeres del planeta, Brooke, se lo he pedido a la mujer que espera mi hijo.

101

—Lo sé –replicó Brooke en un tono más suave–. Dale un poco de tiempo.

—No estoy atosigándola.

—¿De verdad?

—Estamos saliendo.

—¿De verdad? –Brooke se rio–. ¿Como cuando ligabas a la salida del instituto con unos refrescos y unos caramelos?

Su hermana podía ser una pesadilla cuando se lo proponía.

—No lo había pensado, pero ¿qué es lo que haces tú con Royce?

—Royce y yo somos mucho más sofisticados. Vamos a exposiciones de arte y a festivales literarios…

—Unos intelectuales, ¿no?

—Sí, por el momento. Todavía estamos conociéndonos.

—Perfecto, tómatelo con calma.

—Lo dice un hombre que le pide a una mujer que se vaya a vivir con él cuando ni siquiera ha salido con ella.

—Te olvidas de que… nosotros…

—¿Esperáis un bebé? Bueno, dado que ninguno de los dos os acordáis gran cosa de aquella noche, me parece bien que empecéis por salir juntos. Poco a poco se llega lejos.

Él no pensaba ir despacio con Emma, pero no hacía falta que Brooke lo supiera. Defendía con uñas y dientes a Emma, era leal con ella. No quería que su hijo se criara en un hogar dividido. Tenía recursos para que Emma y su bebé vivieran bien, y cuanto antes se diera cuenta de eso ella, mejor.

***

Emma se llevó una palomita a la boca y se dejó caer en la butaca reclinable de cuero, una de las veinte que había en la sala de proyección privada de Dylan.

–Tengo que reconocer que cuando me dijiste que ibas a llevarme al cine me pregunté cómo ibas a hacerlo, no creo que puedas entrar en un cine y pasar desapercibido.

–Me temo que es inevitable. Mi vida ha cambiado, pero no soy de los que se quejan por la fama. Sabía en lo que me metía cuando entré en este mundo. Si tuve la suerte de triunfar, no voy a llorar por haber perdido el anonimato. Tengo una cara conocida y he tenido que cambiar algunas cosas de mi vida.

–¿Como no poder ir a la frutería o viajar tranquilo o ir de tiendas?

–O llevar a mi chica al cine.

–Pero lo arreglas muy bien –replicó Emma entre risas.

–Me alegro de que te lo parezca. ¿Qué película quieres ver? ¿Una comedia? ¿Una de amor? ¿Una policíaca? ¿Una de vaqueros? ¿Una de miedo?

–La que quieras, tú decides, tú eres el entendido.

Dylan eligió una que habían nominado para el Oscar que trataba sobre la evolución de un niño y se sentó al lado de ella. Había todo tipo de chucherías y chocolatinas.

–¿Preparada?

–Cuando quieras.

Dylan pulsó el botón de un mando a distancia, las luces se apagaron y la pantalla se encendió. Ella se relajó en la butaca y se centró en la película. Compartieron una bolsa de palomitas y para cuando llegaron a la mitad, unas lágrimas le rodaban por las mejillas. Era una película muy emocionante que describía la vida de una familia con sus complicaciones y sus alegrías. Dylan le dio un pañuelo de papel. Ella le dio las gracias con la cabeza, se secó los ojos y volvió a concentrarse en la pantalla. Se daba cuenta de todo lo que se había perdido cuando era pequeña.

Dylan le tomó la mano. Ella miró los dedos entrelazados, su mano bronceada y fuerte, la de ella más pequeña y delicada, y se alegró de que pudieran ver una película agarrados de la mano.

La película termino y Dylan le apretó la mano, pero no se la soltó. Se quedaron a oscuras, con la única luz de las bombillas amarillas que señalaba el camino alrededor de la sala.

—¿Te ha gustado? —susurró él.

—Mucho.

—No sabía que fueras tan sensible.

Trazó unos círculos en su mano con el pulgar.

—Solo con las películas.

—Me cuesta creerlo. Eres sensible…

Ella contuvo el aliento y lo miró a esos ojos devastadores.

—Siempre —terminó él girándose y dejando su boca a unos milímetros de la de ella—. He estado pensando en la otra noche. ¿Qué habría pasado si no nos hubiesen interrumpido?

Era una pregunta que no podía esperar que contestara. Ella también había pensado muchas veces en esa noche y en lo que podría haber pasado.

Entonces, sintió sus labios sobre los de ella, como si estuviesen esperando a que reaccionara, a que ella cediera.

—Dylan…

—Solo es un beso, Em.

–No es solo un beso.

No era tan sencillo y tampoco podía negar que se sentía tentada de devolverle el beso, de paladearlo e inhalar su delicioso olor.

–Esto es lo que hace la gente cuando… sale –susurró él sobre su boca.

–¿De verdad?

Besar a Dylan no era algo normal y corriente para ella, era un sueño.

–Sí –contestó él–. Quiero que seamos algo más que amigos, Em.

Ella quiso preguntarle el motivo. ¿Era por el bebé o, milagrosamente, la había encontrado atractiva y deseable después de todos esos años? Lo tuvo en la punta de la lengua, pero se acobardó porque, en el fondo de su corazón, sabía la verdad.

Dylan le pasó la mano por el cuello y le acarició detrás de la oreja. Ella cerró los ojos por el placer y tomó aire. Podría estar así durante horas, despreocupada y siendo su centro de atención.

–Estoy esperando un hijo tuyo y eso hace que seamos algo más que amigos, Dylan.

–Es posible que no sea suficiente –la acercó hasta que sus bocas quedaron casi pegadas–. Es posible que tengamos que ser algo más –añadió Dylan antes de besarla.

–¿Y si no es posible?

Él profundizó el beso y su lengua le despertó una oleada de calor por todo el cuerpo. Se le endurecieron los pezones y contuvo el aliento.

–Sí es posible.

Dylan se levantó y le tendió las manos. Ella las tomó y se levantó para quedarse delante de él a la tenue luz de las bombillas del suelo.

–Te lo demostraré –siguió él.

Dylan era un seductor experto y lo que estaba haciéndole en ese momento era la demostración. Le tomó la cara entre las manos, la miró a los ojos y la besó hasta que se le desbocó el corazón, hasta que le flaquearon las rodillas, hasta que se derritió entre las piernas. Era demasiado, pero insuficiente. Estaba aturdida cuando dejó de besarla, aturdida y deseosa de más.

—Tú decides, dulce Emma.

Le daba besos muy leves en los labios y le recorría el cuerpo con las manos, se tomaba libertades que ella le ofrecía voluntariamente. Gimió un poco cuando le acarició los pechos y contuvo la respiración cuando le tomó el trasero con las manos y la estrechó contra el abultamiento que indicaba claramente su estado.

—Podemos dar un paseo por la playa para apaciguarnos o subir a mi dormitorio para exaltarnos —le susurró él al oído—. Ya sabes lo que quiero, pero acataré tu decisión sea la que sea.

No podía respirar. Su confusa cabeza le decía que ganara tiempo. Por muy ardientes que fuesen sus besos, no podía hacerse a la idea de que quería hacer el amor con ella. En un momento dado, llegó a ser su sueño más desenfrenado y, efectivamente, ya lo habían hecho, pero no había quedado archivado en su memoria... ni en la de él.

—¿Esto es lo que pasa siempre en tus primeras citas?

Él se rio y la abrazó con fuerza, como si fuese una niña que había hecho una pregunta conmovedora.

—Me conoces y sabes que no lo es, Em.

Eso no era verdad. No había investigado sus métodos de seducción y no podía saber qué hacía con las primeras citas. Podría empapelar toda su mansión con las historias que había contado la prensa sensacionalista sobre él... y su hermana lo defendía a capa y espada. Incluso, Dylan se había querellado contra algunas revistas que se habían pasado de la raya y había ganado siempre.

Entonces, si lo creía en ese momento, quería decir que se sentía atraído de verdad por ella.

—Creo que nunca te he visto en tu dormitorio, Dylan.

Él sonrió y asintió con la cabeza, y lo siguiente que supo ella fue que la tomaba en brazos y la sacaba de la sala de proyecciones para subir las escaleras.

Le rodeó el cuello con un brazo y apoyó la cabeza en su hombro mientras se dirigía hacia la puerta doble del dormitorio principal. Se sentía como una pluma en sus brazos. Empujó la puerta y entraron en una habitación enorme.

No estaba segura de nada, pero el deseo y la curiosidad se impusieron al sentido común. Ya había hecho eso con Dylan, pero, en ese momento, los dos lo hacían de forma consciente, los dos se acordarían. Dylan permanecería en su vida de una manera u otra, y ella quería conservar ese recuerdo. Cuerda y racional o no, no tenía fuerzas para privarles a los dos de esa noche.

Fue bajándola y sus cuerpos se rozaron hasta que los pies tocaron el suelo al lado de la cama. La soltó, retrocedió un paso, la miró a los ojos y se quitó el polo negro por encima de la cabeza. Sintió que se quedaba sin aire en los pulmones. Tenía un torso fibroso y bronceado, las espaldas anchas y los brazos musculosos. Se había preparado a conciencia para el papel de marine y lo había bordado.

–Nos lo tomaremos con calma –comentó él.

Él le tomó una mano y se la llevó al pecho. Lo miró a los ojos y captó el brillo de avidez. Despacio, le acarició las hendiduras del abdomen y sintió el cosquilleo de los vellos del pecho en la palma de la mano. Tocarlo era increíble, casi irreal. Jamás había estado con un hombre como Dylan y le asustaba lo perfecto que era.

Él le tomó la otra mano y la animó a que lo explorara. Ella le recorrió los hombros y la espalda y volvió al torso, donde le pellizcó los pezones, que se endurecieron al instante. Le excitaba ver cómo lo alteraba. Dylan se limitaba a permitir que lo conociera, que absorbiera su calidez y se familiarizara con él. Ella no tuvo prisa y lo miraba a los ojos, pero, sobre todo, se deleitaba con la belleza de su cuerpo.

Entonces, la besó y le succionó los labios de una manera que indicaba que estaba dispuesto a dar el paso siguiente.

–¿Termino de desvestirme o te toca a ti? –susurró él encima de su boca.

Ella se dio la vuelta y le ofreció la espalda. Él no dudó y le bajó la cremallera dorada del vestido negro que llevaba. Notó el aire más frío cuando él le puso las manos en los hombros para bajarle el vestido, que quedó a sus pies. Le besó el cuello, le dio la vuelta lentamente y volvió a mirarla a los ojos antes de bajar la mirada por los generosos pechos cubiertos por un sujetador de encaje negro, por el abdomen levemente abultado y por el tanga a juego con el sujetador. Le acarició los muslos y ella dejó escapar un gritito agudo.

–Eres muy sensible por todos lados, corazón.

Subió una mano hasta la cadera y siguió hasta el abdomen. Se detuvo ahí, se arrodilló y le besó ese punto. Ella cerró los ojos mientras Dylan adoraba al bebé. Era un momento tan maravilloso, tan cariñoso y delicado, que se le disiparon todos los miedos. No podía reprocharle nada. La situación se le había escapado de las manos. Quizá hubiese sido demasiado rígida con él. Tenía derecho a amar a su hijo y a compartir esa dicha. Podía concedérselo, podía intentar eso de salir con él con la mente y el corazón abiertos y ver cómo acababa.

Entonces, él se incorporó y la miró a los ojos.

—Nuestro hijo será precioso, como tú, Emma, por dentro y por fuera.

Ella le acarició la mejilla, un poco áspera por la barba incipiente.

—Estoy segura de que serás un padre maravilloso, Dylan.

Él sonrió con el anhelo reflejado en los ojos. Una comprensión y una intimidad distintas se cruzaron entre ellos. Entonces, Dylan volvió a estrecharla contra su cuerpo cálido y la besó, piel con piel. Lo siguiente que supo fue que estaba desnuda y retozando con él en la cama. Lo de ir despacio lo habían olvidado en un instante.

Tenía una mano entre su melena y su boca le dejaba un rastro húmedo desde la barbilla hasta los pechos pasando por el cuello y los hombros. Le dedicó toda su atención a un pecho y luego al otro. Se arqueó con los pezones endurecidos y sensibles y con una oleada abrasadora que le atenazaba las entrañas. Se estremeció y se retorció debajo de él con un placer casi insoportable.

Su boca era cautivadora y sus manos obraban milagros. Cuando él se movía, ella lo seguía, estaban sincronizados y sus cuerpos vibraban a un ritmo que le complacía. Estaba en el paraíso y sentía una felicidad que no había sentido nunca, hasta que fue bajando la mano para acercarse a ese punto que podría hacer que echara a volar. Estaba húmeda y dispuesta y cuando por fin se abrió paso entre los pliegues, un leve gemido de placer se le escapó entre los labios y, efectivamente, echó a volar. Una caricia cada vez más firme y rítmica la llevó al límite. Dylan sabía darle placer, sus besos amortiguaban sus gemidos, su boca devoraba la de ella y su cuerpo irradiaba tanto calor que podría calentar todo Moonlight Beach. Alcanzó el clímax enseguida.

—Dylan, Dylan…

Se aferró a sus hombros con el corazón desenfrenado y él no cesó hasta que quedó maravillosamente devastada. Con los ojos borrosos, lo miró mientras se levantaba y se quitaba los pantalones y los calzoncillos. Vio al hombre desnudo, excitado e iluminado por la tenue luz que entraba en el cuarto y se quedó maravillada. Él tomó un envoltorio dorado del cajón de la mesilla, lo rasgó y se lo ofreció a ella antes de tumbarse a su lado.

—Para que te protejas.

Le agradecía su consideración, pero ya estaba esperando su hijo. Ella lo tomó y él esperó a que se lo pusiera. Era un acto muy íntimo, quizá lo fuera más todavía que lo que había pasado hacía unos segundos. Tragó saliva y cuando termino de ponérselo, Dylan no esperó ni un segundo para volver a tomarla entre sus brazos.

—Todo esto me parece completamente nuevo, dulce Emma.

—A mí también… —susurró ella.

Sin embargo, ya no había tiempo para charlar un rato. Dylan estaba separándole las piernas con sus muslos. Ella estaba dispuesta y miraba la firmeza de su maravilloso rostro. Sus cuerpos estaban sintonizados, se movían despacio y él se abría paso hasta que entró en ella con una acometida. Le rodeó el cuello con los brazos y lo recibió con placer. Fue un recibimiento que no olvidaría jamás. Era como si hubiese esperado toda su vida a ese momento. Se sentía segura, a salvo y feliz, pero no se sentía amada.

Se quitó esas ideas de la cabeza y se concentró en el hombre increíble que estaba haciéndole el amor. Tenía el pelo rubio despeinado de una forma muy sexy y la respiración entrecortada resaltaba su fuerza mientras se movía dentro de ella. Tenía los músculos en tensión y las sensaciones iban acumulándose una detrás de otra. Entonces, clavó esos penetrantes ojos azules en los de ella, dijo su nombre y los dos fueron elevándose más y más… hasta que una última acometida le alcanzó lo más profundo de su ser.

Explotó a la vez que él y los dos gritaron el nombre del otro. Dylan aguantó un poco para que ella exprimiera todo el placer y acabó derrumbándose con las manos a sus costados para no aplastarla.

—Caray… —susurró ella mirándolo.

Él sonrió. Ese hombre que acababa de hacer realidad su fantasía más íntima también parecía satisfecho.

—Sí, caray…

Él se separó y se quedó de espaldas a su lado, le tomó la mano, entrelazó los dedos con los de ella y escuchó el murmullo del mar. Ella notó que estaba dándole vueltas a la cabeza para intentar recordar la otra noche que habían estado juntos.

–¿Algo…? –le preguntó ella.

–Todo –contestó él con una sonrisa evasiva.

Le conmovió esa respuesta y que se diera la vuelta para besarla, pero él no recordaba nada sobre la noche del apagón, nada de lo que habían hecho hasta ese momento le había desencadenado un recuerdo.

–Da igual que recuerde o no, tenemos esta noche y las muchas que llegarán. Empezaremos de cero, desde ahora.

–Estoy de acuerdo, es una buena idea.

Ella tampoco debería aferrarse al pasado.

–Lo nuevo está bien, Emma –Dylan le puso una mano protectora en el abdomen–. Confía en mí.

Efectivamente, iba a tener que confiar en él a partir de ese momento.

–Entonces, ¿le parece que todo va bien, doctora Galindo? –preguntó Dylan sin disimular la preocupación.

–Sí, señor McKay –contestó la ginecóloga de Emma–, el bebé está sano y Emma también –la doctora miró a Emma–. Todo va bien, pero no te olvides de tomar las vitaminas y vuelve a verme dentro de un mes.

–De acuerdo, lo haré.

–¿Alguno de los dos tiene más preguntas?

–Bueno… –empezó Emma–. Es que esto no es de conocimiento público y esperamos que respete nuestra privacidad.

–Claro –la doctora Galindo miró a Dylan–, respetamos la privacidad de todos los pacientes.

La doctora, de treinta y tantos años, sonrió. Su mirada se había desviado hacia Dylan más de una vez durante la consulta, y Emma no podía reprochárselo: Dylan era impresionante.

Dylan se levantó y le estrechó la mano.

–Gracias.

Emma se dio cuenta de que se le había relajado un poco el rostro mientras salían del edificio y se dirigían hacia el coche.

–Qué bien –comentó ella antes de suspirar con alivio.

–Sí. No faltan ni siete meses para que el bebé esté aquí. Cuesta creerlo.

–Es verdad –reconoció ella–. Me alegro de que el bebé esté bien. Ha sido increíble oír sus latidos.

–Impresionante.

–Pronto será grande como un castillo.

–Y tú estarás muy guapa, Em.

–Entonces, ¿todo esto te parece bien? –le preguntó ella mientras él encendía el motor.

Se había tomado bien la noticia y no había vacilado ni una vez cuando le contó que estaba embarazada. Todo había ido viento en popa… iban a tener el bebé juntos… Ella no acababa de entender que lo hubiese aceptado sin reparos, aunque lo agradecía.

–Yo… Yo siempre he querido ser padre, pero no había encontrado la…

Dylan no acabó, pero ella supo lo que iba decir: que no había encontrado a la mujer indicada. Sin embargo, la decisión tampoco la había tomado él. No era la mujer indicada, pero no le quedaba más remedio y estaría tomándoselo lo mejor que podía.

Había sido atento y la había sacado todas las noches desde que… salían juntos. Una noche habían ido a tomar un helado a una heladería de un amigo de Dylan. Se habían colado por la puerta de atrás y se habían sentado en una mesa discreta en un rincón. Dylan llevaba una gorra de los Dodgers y gafas de sol. A la noche siguiente fueron a un concierto en el Hollywood Bowl. Dylan había reservado dos asientos de primera fila y entraron por la puerta de los VIP. Los guardaespaldas de Dylan rondaban cerca cada vez que salían. Era un poco escalofriante saber que vigilaban todos sus movimiento.

Todas las noches acababan en la cama; unas en el impresionante dormitorio de él y otras en el diminuto apartamento de ella. Cada día estaban más unidos y se iban conociendo en distintos aspectos. Dylan era amable y cariñoso. Algunas veces, cuando estaban haciendo el amor, ella tenía que recordarse que eso estaba sucediendo de verdad.

Se había enamorado de él, con todas las letras. Había estado medio enamorada de él cuando era adolescente, pero esto era completamente distinto. Ahora lo conocía y pasaba el tiempo con él… y tenía unos orgasmos fuera de serie cuando hacían el amor. Era el padre de su hijo…

Todas las mañanas, cuando se despertaba entre sus brazos, él le susurraba al oído.

–Ven a vivir conmigo, Em. Podríamos pasar así todas las noches y las mañanas.

Era una oferta tentadora y la meditaba mucho, pero siempre acababa rechazándola porque, le gustase o no, no estaba dispuesta a renunciar a su independencia, a cederle a Dylan el último recurso que tenía para que no le rompieran el corazón. Él quería tener cerca a su hijo y que estuviese seguro. Ella lo entendía y era un gesto noble, pero ¿qué decía eso de su relación con él? Su decisión de evitar los daños se sustentaba precisamente en lo que él no decía.

–No entiendo por qué no quieres, Em –solía añadir él.

Ella se encogía de hombros y sacudía la cabeza. Ese rechazo era algo nuevo para él. No era engreído o arrogante, pero ella suponía que estaba acostumbrado a que las mujeres cayeran rendidas a sus pies y no entendía su reticencia.

–No puedo, Dylan –solía contestar ella.

Después de la cita con la ginecóloga, fueron a comer a un restaurante el borde de la playa. Luego, Dylan la dejó en la oficina.

–No trabajes demasiado –se despidió él dándole un beso.

–Tú tampoco –añadió ella.

–No. Voy a aprenderme los diálogos para la toma de mañana. Lo que me recuerda que los dos próximos días se me harán largos. Tengo rodaje por la noche y no volveré a casa antes de que te hayas acostado. Te echaré de menos.

–Yo también –replicó ella con una sonrisa.

–Cuida al pequeñín.

Emma se llevó una mano al abdomen, se bajó del coche y lo despidió con la mano. No lo vería durante los próximos días y quizá fuese algo bueno.

–¿Qué tal la cita? –le preguntó Brooke levantándose de la mesa.

–Maravillosa. Todo está bien.

–Fantástico –Brooke sonrió–. Estoy deseando saber si es niño o niña. Tengo una lista de cosas que quiero comprarle y ya tengo elegida una ropa preciosa, pero no sé si comprarla rosa o azul.

Estaba claro que Brooke malcriaría al bebé.

***

–Será divertido cuando nos enteremos.

–Sí, pero, por el momento, me alegro de saber que está sano –Brooke se acercó más a Emma–. Las cosas van bien con Dylan, ¿verdad? Quiero decir, pareces contenta y sé que habéis estado saliendo… apasionadamente.

Dylan le había pedido varias veces que se fuera a vivir con él, pero nunca como un compromiso verdadero. ¿Era eso lo que ella estaba esperando? ¿Estaba esperando algún indicio de que la quería y que no era solo porque iba a tener a su hijo?

–Brooke, no sé cómo llamar a lo que está pasando entre Dylan y yo.

–Al menos, está pasando algo –replicó Brooke con un brillo de emoción en los ojos.

–A lo mejor deberías concentrarte en tu relación con Royce –contraatacó Emma con una sonrisa de cautela.

–Lo hago, puedes estar segura –Brooke se rio–. También empieza a ser apasionado.

–Vaya, vais deprisa…

–Lo sé –Brooke suspiró–. Es un disparate, pero sintonizamos en todos los sentidos.

–Me alegro por ti.

–Gracias. Ahora, hablemos de trabajo. Tenemos la fiesta de aniversario de los Henderson el viernes por la noche y la fiesta del séptimo cumpleaños de Clinton en Beverly Hills el sábado. ¿Cuál quieres?

–Me quedaré con la fiesta de Clinton. Ya he organizado el zoológico de animales domésticos y los personajes de dibujos animados. Además, tengo preparada la tarta y la comida. Lo repasaré todo y tú puedes ocuparte del aniversario.

–De acuerdo. Va a ser un fin de semana ajetreado. ¿Estás segura de que podrás…?

—Estoy segura —le interrumpió Emma.

—Por cierto —Brooke hizo una mueca—, casi se me olvida decírtelo, ha llamado Maury Allen. Al parecer, la organizadora del fastuoso cumpleaños de Carla ha tenido una emergencia familiar y no puede seguir organizándolo. Él quiere que nos ocupemos nosotras. Es dentro de dos semanas.

—No aceptaste, ¿verdad? —preguntó Emma conteniendo la respiración.

—Bueno, no he podido… Utilizó el nombre de Dylan, hizo que pareciera que mi hermano nos había recomendado. Es su jefe y, según él, casi todo está hecho ya, solo tenemos que presentarnos para que todo vaya sobre ruedas.

—¡Brooke!

—Lo sé, pero me tomó por sorpresa y no supe quitármelo de encima.

—¿Su organizadora no puede encontrar a alguien de su empresa para que se ocupe?

—No. Todos están reservados y nosotros no lo estamos. La secretaria de Maury Allen va a enviarnos los contratos de servicios firmados y los plazos para que sepamos lo que está planeado.

—¡Maravilloso! —exclamó Emma con los ojos en blanco.

—Lo siento —en honor a la verdad, Brooke pareció sinceramente dolida—. No hace falta que lo hagas, les diré a Wendy o a Rocky que se ocupen.

—Conociendo a Carla, será algo por todo lo alto. Vas a necesitarme a mí.

—Creo que puedes tener razón —reconoció Brooke bajando la cabeza.

Emma se apoyó en la pared con los brazos cruzados y suspiró sonoramente.

—Creo que estaba destinada a ir a ese sitio.

–¿Destinada? ¿Qué quieres decir?

Dylan me pidió que fuera a la fiesta de Carla como su acompañante. Dijo que necesitaba compañía en la desdicha, pero yo me negué rotundamente. Esa mujer ni siquiera sabe decir bien mi nombre.

–Llámala Carly, como hago yo –Brooke se rio–. Ya sabes lo que dicen, donde las dan, las toman.

–No puedo hacerlo, ella es nuestra clienta…

–Su padre es nuestro cliente.

–Es prácticamente lo mismo –replicó Emma–. Hace lo que quiere con él.

–Es verdad, pero me encantaría estar allí cuando…

La expresión de Brooke era demasiado maliciosa para la curiosidad de Emma.

–¿Qué…?

–Cuando se entere de que estás esperando un hijo de Dylan.

–¡Brooke! Ni se te ocurra decir algo. Prométemelo.

–Lo prometo –Brooke miró el abdomen ligeramente abultado de Emma–, pero es posible que no tenga que decirle nada, es posible que ella lo descubra por sí misma. Pagaría por verlo.

–Eres perversa –dijo Emma con una sonrisa de oreja a oreja.

–Sí, y por eso me quieres tanto.

Capítulo Siete

El sábado por la noche, Emma se arrastró por la puerta. Le dolían todos huesos de su cuerpo de veinticinco años, estaba tan cansada que no podía llegar al dormitorio. Tiró el bolso encima del sofá y se dejó caer.

La fiesta de cumpleaños de Clinton la había dejado molida. Había salido bastante bien para ser la fiesta de un niño de siete años. Una de las cabras del zoológico de animales domésticos se escapó de su corral y empezó a comerse la decoración de la fiesta. A los niños les pareció muy divertido hasta que la cabra arremetió contra la mesa de los pasteles y estuvo a punto de tirarlo todo. Emma tuvo que devolver al tozudo animal al corral.

Eso, sin embargo, fue un incidente inocente, no como el tipo disfrazado de un personaje con pelaje morado. A juzgar por cómo andaba, o estaba bebido o le costaba mucho mantener el equilibrio con ese disfraz. No le quitó la vista de encima en todo el día, pero, afortunadamente, no causó ningún problema. También estuvo el percance del bar de tacos. Los niños dieron un mordisco de sus tacos y la boca les ardió por la salsa picante que habían puesto en la carne. Emma los acompañó a la máquina expendedora de helados con cucurucho. El helado de arcoíris sofocó las llamas y les devolvió la sonrisa a la cara. Se evitó el desastre, pero tuvo que reñir al cocinero por su imprudencia.

Le sonó el móvil. Pensó no contestar, pero vio el nombre en la pantalla y sonrió.

–Hola, Dylan.

–Hola –contestó él en ese tono grave que le ponía la carne de gallina–. ¿Qué haces?

–Estoy con los pies en alto. Ha sido un día muy largo. ¿Qué haces tú?

–Voy hacia tu apartamento.

–¿De verdad?

Emma se incorporó de un salto y con el corazón acelerado.

–Sí. He pensado que a lo mejor estabas levantada y querías compañía. Si estás cansada, pasaré de largo.

El sonido de esa voz acababa con cualquier agotamiento. No lo había visto desde hacía tres días y no había dejado de pensar en él.

–No, no estoy cansada.

–¿De verdad? Pareces molida.

–No…

–Estoy llegando.

Sintió una calidez por todo el cuerpo. Las hormonas se alegraron, dieron saltos de alegría.

Unos minutos después, abrió la puerta y él la tomó directamente entre los brazos, la levantó del suelo mientras la besaba y volvió a dejarla en el sofá antes de sentarse a su lado.

–No voy a quedarme, solo quería verte –comentó él rodeándole los hombros con un brazo.

–Me alegro. Yo… también quería verte.

Siempre le costaba reconocer lo que sentía hacia Dylan. No estaba haciéndose la dura, estaba aterrada de que esa burbuja de felicidad explotara en cualquier momento.

–¿Qué tal el día?

–He perseguido cabras y niños y he tenido contentos a los padres, como cualquier otro sábado.

–Te encanta –comentó Dylan con una sonrisa.

–Es verdad, no me quejo.

Era lo que tenía que hacer y disfrutaba con cada paso de la organización. Aunque algunas veces era un lío y los plazos podían llegar a ser agobiantes, su recompensa era el resultado final, una fiesta que salía bien. No podía imaginarse en un empleo de oficinista, aunque también le gustaba mucho llevar las cuentas.

Dylan le tomó una mano y se la llevó a la rodilla. Era un gesto completamente natural para él.

–Me alegro de que seas socia de mi hermana.

–Yo también. Creo que nos complementamos. Ella es creativa y yo soy más pragmática.

–Trabajas mucho. No te lo tomes a mal, pero pareces agotada.

–No puedo engañarte –reconoció ella con un suspiro.

–Soy muy perspicaz –él sonrió y se le suavizaron los ojos–. Date la vuelta.

–¿Qué…?

–Dame la espalda e intenta relajarte.

–De acuerdo.

Ella se separó un poco en el sofá y él le apartó la melena pelirroja de los hombros y dejó que cayera por el costado derecho. Luego, le puso las manos en los omóplatos y empezó a darle un masaje firme y relajante. Ella cerró los ojos mientras le liberaba la tensión y le deshacía los nudos de la espalda.

–Qué gusto… –susurró ella.

–De eso se trata. ¿Por qué no lo hacemos en el dormitorio? –le preguntó acariciándole la oreja con el aliento–. Podrías estirarte y relajarte de verdad.

Ella se dio la vuelta para mirarlo.

–Solo un masaje, te lo prometo –añadió él.

–Trato hecho.

Entonces, la tomó en brazos para llevarla al dormitorio. Su independencia se había esfumado en cuanto Dylan se presentó, pero le encantaba esa virilidad interior y que tomara las riendas de la situación. Le parecía increíblemente sexy.

–No tienes que hacer tratos conmigo, Dylan.

–No me tientes. Sé lo cansada que estás y dejémoslo así.

Ella asintió con la cabeza.

Un rayo de luz que entraba por la ventana del patio iluminaba su dormitorio. Dylan la dejó de pie al lado de la cama y se puso detrás de ella. Le levantó la blusa por encima de la cabeza, luego, le ayudó a quitarse los pantalones. Una vez en sujetador y bragas ella se quitó los zapatos y se dio la vuelta para mirarlo. Él contuvo la respiración.

–No va a ser tan fácil como creía –murmuró él con la voz ronca–. Túmbate, ahora mismo vuelvo.

Emma abrió la cama y se tumbó boca abajo con la cabeza en la almohada. Dylan volvió con una botella de aceite de frambuesa y vainilla.

–¿Puedo usarlo?

Ella asintió con la cabeza, cerró los ojos y oyó que se frotaba las manos para calentar el aceite.

–¿Preparada? –le preguntó sentándose al lado de ella.

–Sí…

Extendió el aceite por su espalda y le frotó con delicadeza cada centímetro de piel. El olor a frambuesa y vainilla era delicioso. Le trazó círculos en la espalda con los pulgares y con las manos en el trasero. Ella se estremeció ligeramente y contuvo el aliento. Eso estaba empezando a ser algo más que un masaje y a ser casi tan íntimo como hacer al amor. Él separó las manos y subió por la espina dorsal con los pulgares.

—Qué delicia...

—Me alegro de que te guste.

—¿A ti no?

—Me entusiasma.

Ella sonrió con las endorfinas desmadradas por todo el cuerpo.

Él levantó las manos de su espalda y ella volvió a oír que se las frotaba para calentar el aceite. Entonces, pasó a las piernas. Empezó por los tobillos, subió y bajó las manos, le pasó los pulgares por las pantorrillas y siguió con las palmas por el interior de los muslos, hasta que se detuvo un momento.

—Dylan...

—No pasa nada.

—Esto no debería crearte tensión.

—Ya es un poco tarde para eso. Relájate y disfruta.

Sin embargo, había algo demasiado tentador, demasiado auténtico en su voz como para que se quedara parada y sin darle nada a él. Se dio la vuelta y se quedó de espaldas. Vio su maravilloso rostro y que tenía los dientes apretados. Siguió bajando la mirada y no le extrañó que la tela de los pantalones estuviese abultada.

—Ne he venido aquí para...

—Lo sé, y eso hace que todo sea más encantador —ella levantó los brazos—. Ven, Dylan, déjame que yo te haga algo.

—No hace falta —replicó él.

Pero ya era demasiado tarde. Emma lo agarró del cuello y lo bajó hasta que lo tuvo encima.

–Ya no estoy cansada. En realidad, me siento bastante… relajada y tú también te mereces un masaje.

Emma estaba haciendo tortitas con una sensación deliciosa por todo el cuerpo. Había dejado a Dylan dormido para hacerle un desayuno. Se lo merecía, a juzgar por la energía que había dedicado a hacer el amor con ella la noche anterior.

Cuando le rodeó la cintura con los brazos, casi se muere del susto.

–Buenos días –le saludó él besándole el cuello.

–Creía que estabas dormido.

–Te echaba de menos.

Siempre decía lo acertado…

–Qué encanto.

–Tú sí que eres un encanto por hacernos el desayuno.

–¿Hacernos? –ella se rio–. ¿Qué te hace pensar que es para ti?

Él la abrazó con más fuerza y alargó un brazo para apagar el fogón.

–Dylan, ¿puede saberse qué estás…?

Él la dio la vuelta y la besó para que no siguiera quejándose. Luego, le sonrió y la apartó de la cocina. Dylan había vuelto a vestirse con la ropa del día anterior, que estaba increíblemente poco arrugada. Ella, en cambio, llevaba unos pantalones de chándal grises, una camiseta rosa con el logotipo de Parties-To-Go en purpurina morada y una coleta desastrada.

La agarró de una mano y la llevó a la sala. El corazón se le había acelerado. ¿Qué estaba tramando Dylan? Se dio la vuelta y la miró con una expresión tremendamente seria.

–He estado pensando en nosotros, Em.

Ella tragó saliva. ¿En ellos?

–Tú y yo vamos ser padres dentro de poco y supongo que estoy chapado a la antigua cuando se trata de los hijos. Veo un porvenir brillante para nosotros, para los tres. Seremos una familia honrada y creo que el bebé se merece empezar la vida de la mejor manera posible… y eso implica tener un padre y una madre que lo críen juntos. Sabes que te aprecio mucho y estamos muy bien juntos… si la noche de ayer sirve de ejemplo.

Él tenía una sonrisa vacilante y a ella se le aceleró el corazón más todavía. Iba a insistir para que se fuera a vivir con él.

–Ya no voy a volver a pedirte que vengas a vivir conmigo, Em.

–¿De verdad? –preguntó ella parpadeando.

–No. Esa no es la solución –él la miró a lo más profundo de los ojos–. Quiero que te cases conmigo.

Emma se quedó boquiabierta.

–Ah…

–Estoy pidiéndote que seas mi esposa, Emma. Lo he pensado mucho y solo puedo ver ventajas para los tres.

Ella se soltó la mano y arrastró los pies. Todo le daba vueltas por dentro de la cabeza como una coctelera de sensaciones y pensamientos.

–Esto… no me lo esperaba…

–¿De verdad? Tampoco es tan raro pensar que dos personas que van a tener un hijo juntos acaben casándose, ¿no?

Hacía que pareciera muy fácil. La apreciaba, pero ella lo apreciaba más todavía, lo amaba. ¿Podría salir bien aunque no pronunciara las palabras que toda mujer a la que le pedían la mano esperaba oír? No había hablado de un amor eterno ni de que no pudiera vivir sin ella… Sin embargo, había sido sincero y le había dado motivos de peso para que fuese una buena idea.

Aun así, le asaltaron las dudas. Era Dylan McKay, soltero de oro, estrella de cine muy codiciada y un hombre que vivía entre tentaciones a la vuelta de cada esquina. ¿Podía confiar en que no acabaría destrozándole el alma y el corazón? ¿Podía casarse con un hombre que no la amaba claramente?

—Em, no tienes que contestarme ahora mismo —lo dijo en un tono muy comprensivo—. Piénsalo un poco.

Casi todo su ser quería aceptar, pero no podía tomar esa decisión sin meditarlo. Estaban dándole la luna, ¿era demasiado codiciosa si también quería el sol y las estrellas?

—Dylan, no puedo contestarte ahora, todo va demasiado deprisa.

—Lo sé y lo entiendo, Em. No quiero causarte más estrés. Te aseguro que solo quiero lo que es mejor para ti, pero quería poner mis sentimientos encima de la mesa. Creo que es lo acertado, pero no voy a presionarte, esperaré hasta que hayas tomado una decisión.

—Gracias, te lo agradezco. Entonces… ¿qué hacemos ahora?

—Has terminado de hacerme el desayuno —Dylan sonrió—. Me muero de hambre y esas tortitas parecen muy apetitosas. Además, mañana por la noche tenemos una cita para cenar en mi casa, ¿te parece bien?

Ella asintió con la cabeza. Habían vuelto a salir juntos, con opción a matrimonio. Él le había pedido que se casaran y habían vuelto a la situación de antes. La pelota estaba en su tejado. ¿Cómo iba a tomar una decisión? El matrimonio de sus padres adoptivos había sido un choque de trenes, habían discutido sin parar y ella se había sentido culpable muchas veces. Se había escondido debajo de una manta en el rincón más alejado de su dormitorio y se había tapado los oídos para no oír sus vulgares discusiones. No quería que su hijo pasara por eso. ¿Dylan y ella acabarían odiándose y peleándose todo el rato como habían hecho sus padres? Sin embargo, ¿podía rechazar esa oferta de matrimonio? Lo que era más aterrador, ¿podía aceptar sin contar con su amor?

—Me parece perfecto —contestó ella con una sonrisa prefabricada.

Le mintió a Dylan… y a sí misma.

Emma entró en la oficina el lunes por la mañana, saludó a Brooke, se sentó en su silla y empezó a trabajar. Estaba en la fase inicial de un Bar Mitzvah y tenía que hacer muchas llamadas. Trabajó con esmero e hizo un esfuerzo para pensar solo en el trabajo.

Esa mañana, más tarde, fue a visitar a algunos proveedores, a una floristería y a un fotógrafo, y volvió a la oficina con la sensación de haber logrado algo, aunque se había pasado todo el día pensando en otra cosa y le había costado concentrarse. También había cometido algunos errores. Le había dado una fecha equivocada a un proveedor, luego había tenido que volver a calcular el presupuesto estimado que ya había dado y había tenido que llamar al cliente con la mala noticia de que se había equivocado. Eso no acababa nunca bien y había tenido que hacerle un descuento del diez por ciento para compensarlo.

Brooke no había dejado de mirarla de soslayo y creía que no había conseguido engañar a su amiga por mucho que hubiese intentado comportarse de una forma normal. Para colmo, le habían llevado un maravilloso ramo de lirios rosas en un florero esférico de cristal cuando estaba fuera. En ese momento, estaban en un rincón de su mesa y perfumaban al ambiente con su delicioso olor. La nota decía: *Porque sí, Dylan.*

Ya por la tarde, Brooke se acercó y se sentó en el borde de su mesa.

–Hola, Em.

Emma frunció los labios. Sabía lo que se avecinaba, pero no apartó la mirada del ordenador.

–Hola.

–¿Qué pasa? Has estado desconcentrada todo el día.

–Puedo equivocarme alguna vez, Brooke.

–Yo me equivoco todo el rato, pero tú, no. Tú no cometes errores.

–Entonces, seré doña Perfecta.

–Emma… –Brooke puso un tono maternal–. ¿Qué pasa? No me digas que nada. ¿Os habéis peleado Dylan y tú?

Emma desvió la mirada por fin y miró los ojos preocupados de Brooke.

–No –contestó ella en un tono un poco tajante–. No nos hemos peleado, me ha pedido que me case con él.

–¿De verdad? –le preguntó Brooke con la cara radiante.

Emma se pasó las manos por las mejillas para estirarse la piel.

–De verdad.

–Entonces, ¿te preocupa su petición?

–No fue tanto como una petición, fue una especie de oferta por el bien de nuestro hijo. No es que no quiera lo mejor para el bebé, claro que lo quiero, pero no sé… estoy… confundida.

–¿Dijo que quería casarse contigo?

–Sí, naturalmente.

–¿Dijo que quería que el bebé, tú y él fueseis su familia?

–Sí, eso es lo que quiere.

–Te tiene mucho cariño, siempre le has gustado.

–Lo sé.

–¿Qué sientes tú por él? Y sé sincera.

Emma se enrolló la coleta en una mano, frunció los labios y parpadeó. Le costaba reconocerlo incluso a Brooke.

–Me he enamorado de él.

Brooke no se inmutó y Emma se lo agradeció.

–Entiendo el problema –Brooke la conocía muy bien–. Te preocupa que no te corresponda.

–Jamás.

–Jamás –repitió Brooke en voz baja–. Bueno, solo puedo decir que Dylan es capaz de amar mucho. Me aceptó desde el primer día que aparecí en casa de los McKay para vivir allí. Yo era una niña pequeña y asustada sin familia y él un chico mayor que parecía tenerlo todo; unos padres buenos, amigos y una casa cómoda donde vivir. Yo tenía miedo de que me odiara por haberme metido en su familia, pero hizo todo lo contrario. Hizo que me sintiera bien recibida. Me puse a llorar la primera vez que me llamó hermanita y me abrazó con fuerza y dijo algo gracioso para que me riera. Desde ese momento, hemos estado muy bien juntos.

No puedo decirte qué tienes que hacer, Emma. Eres mi amiga y te mereces que te amen, pero sé que mi hermano nunca te hará daño intencionadamente. Amará al bebé con toda su alma, y sé que tú también lo harás. Tendréis eso en común y es un vínculo para siempre. Tú tienes que decidir si es suficiente –Brooke le apretó la mano y se levantó–. ¿Estás bien?

–Mucho mejor. Gracias, Brooke. Me ha servido de mucho.

Le había quitado un peso de encima. El razonamiento de Brooke, aunque un poco sesgado, tenía sentido. Tenía la luna al alcance de la mano y era posible, solo posible, que el sol y las estrellas llegaran más tarde.

Correr por la tarde siempre le habían servido para aclararse la cabeza, y ese día por la orilla del mar no fue menos. Ya no corría los quince kilómetros que corría antes de accidente, pero sí había corrido siete y medio sin ningún problema.

Empezó a subir los escalones que llevaban a su casa e hizo un gesto con la cabeza a Dan, uno de los guardaespaldas que había estado siguiéndolo y observándolo con detenimiento.

Entró por la cocina, tomó una botella de agua de la nevera y se la bebió de tres sorbos. Se quitó la camiseta mientras iba hacia las escaleras y la utilizó para secare el sudor del pecho. Emma llegaría pronto para cenar. Le había dado la tarde libre a Maisey para que pudieran estar solos. El día anterior se había tirado de cabeza y le había pedido a Emma que se casara con él… y esperaba haberla impresionado. Tenía el anillo preparado y lo había llevando encima durante días, pero tendría que esperar a que ella aceptara para ponérselo.

Cuando oyó el timbre de la puerta, parpadeó por la sorpresa y fue a la puerta principal. Le había dado a Emma el mando a distancia de la puerta del garaje y se preguntó por qué no había entrado por la puerta trasera como de costumbre. Miró por la mirilla y se le cayó el alma a los pies al ver a Carla.

—Hola, Carla —la saludó al abrir la puerta—, ¿qué haces por aquí?

—He venido a ver qué tal estás —ella le miró el torso desnudo y los pantalones negros de deporte y sonrió—. ¿Te he dicho alguna vez cuánto me gusta ese jardín vertical? Es una obra maestra —añadió ella mientras miraba la pared con plantas que tenía en el vestíbulo.

Dylan hizo una mueca de fastidio antes de que ella se diera la vuelta y esperara a que él cerrara la puerta.

—No, creo que no —contestó él mientras cerraba.

—Bueno, pues me encanta.

Él hizo un gesto con la cabeza y se quedó donde estaba.

—¿No vas a invitarme a entrar?

Carla ya estaba dentro, pero eso era lo de menos. Tendría que explicarle que su relación con ella ya no le interesaba y confiar en que pudieran seguir siendo amigos. Ella ya debería haberlo captado, puesto que no la había llamado desde el día del homenaje a Roy, pero no era fácil desalentar a Carla.

—Pasa.

Dylan le hizo un gesto para que abriera el camino y ella entró en la sala y se apoyó en la puerta doble que daba a la terraza, que estaba abierta.

–Esta hora del día es preciosa, Dylan. Me encanta la brisa marina. He echado de menos venir aquí.

Él no dijo nada.

–Al parecer, has vuelto a correr.

–Sí. Me sienta bien, me aclara la cabeza.

–Entonces, ¿te encuentras mejor?

–Voy bien.

–Me alegra oírlo. Estás impresionante.

–Tú también, Carla, como siempre.

Era una mujer hermosa que tenía el pelo color miel y más largo por un lado que por el otro, unos resplandecientes ojos azules y un cuerpo esbelto como el de una supermodelo. Vestía a la última moda y con un estilo a tono con su llamativa personalidad. Desgraciadamente, lo que se veía por fuera no compensaba la falta de humanidad que tenía por dentro. No era una persona mala, solo era egocéntrica. Sus padres y sus amigos la habían malcriado y consentido toda su vida. Había tenido que conocer a Emma como la conocía en ese momento para hacer la comparación y saber qué mujer quería en su vida.

–¿Estás bien, Dylan? Quiero decir, ¿estás bien de verdad? Mi padre me contó que tu vida podía estar en peligro y… y me preocupas tanto…

–Estoy bien y nadie sabe con certeza que quisieran atentar contra mi vida, pero te diré, para tu tranquilidad, que han reforzado el servicio de seguridad aquí y que voy a todos lados con guardaespaldas. Estoy seguro de que tu padre te habrá dicho que no lo cuentes… Hay una investigación en curso.

–Claro, claro. Todos los días pasan cientos de personas por el estudio, Dylan, ¿cómo van a saber quién es el responsable?

–No lo sé, Carla –al menos, el rodaje acabaría

dentro de unas semanas y no tendría que volver por el estudio–. Solo podemos esperar que la investigación les dé más pistas.

–Sí, eso espero.

Dylan se ablandó un poco. Carla parecía sinceramente preocupada por él y no podía negar que habían tenido una relación y que todavía querían lo mejor el uno para el otro.

–Gracias, te lo agradezco y aprecio tu amistad.

Ella se aceró a él, le puso una mano en la mejilla y lo miró a los ojos.

–Somos algo más que amigos, Dylan. Había esperado que recordaras eso –le rozó los labios con los de ella y susurró encima de su boca–. Además, me haría muy feliz que fueses mi acompañante en mi fiesta de cumpleaños.

Emma se olvidó de todos sus recelos sobre Dylan y vio con otros ojos su petición. Su conversación con Brooke le había ayudado a verlo todo con otra perspectiva. Todavía no sabía si casarse con él, pero los obstáculos iban desapareciendo lentamente de su cabeza. Se dio cuenta mientras le hacía una tarta de chocolate como la que pulverizó el día de su cumpleaños de hacía tantos años. Si podían reírse un rato, la tarta habría cumplido su cometido. Entró sonriente por la verja de su casa y vio un deportivo que no reconoció en el camino de entrada. Tenía una visita.

Aparcó, sacó la tarta con cuidado y abrió la puerta trasera de la casa con una llave secreta. Una vez dentro, oyó voces y no supo si interrumpir, pero entonces, cuando llegó a la cocina, reconoció la seductora voz femenina. Era Carla.

Dejó la tarta en la encimera y se dirigió con sigilo hacia la sala. Se paró en seco cuando vio a Carla y Dylan abrazados en el extremo opuesto de la habitación. Parpadeó varias veces sin poder creerse lo que estaba viendo. Lo primero que pensó fue que hacían una pareja maravillosa, que eran dos personas impresionantes que vivían en el mismo mundo exclusivo, un lugar donde ella no encajaba. Verlos abrazados y susurrándose hizo que lo comprendiera todo. Ella no pertenecía al universo de Dylan. Los celos le atenazaron las entrañas.

Sin embargo, Carla no podía embaucar a Dylan, no era la mujer acertada para él.

¿Iba a renunciar a él sin luchar? Asombrosamente, su respuesta fue un «no» rotundo. No iba a desprenderse de Dylan, no iba a entregar al padre de su hijo a la mujer equivocada, celos al margen. Dylan le había pedido a ella, a Emma Rae Bloom, que se casara con él, algo que no había hecho desde que Renee le desgarró el corazón. En ese momento, ella estaba empezando a imaginarse una vida con él y su bebé. Entonces, ¿cuál era el inconveniente? ¿Por qué no aceptó inmediatamente su oferta? ¿Por qué estaba siendo tan testaruda?

En honor a la verdad, Dylan se apartó de Carla inmediatamente, se zafó de sus garras antes de que pudiera besarlo otra vez. No le había visto a ella y no estaba fingiendo, estaba rechazando a Carla.

–No puedo ser tu acompañante, Carla.

Emma dejó escapar un suspiro de alivio.

–¿Por qué? –Carla volvió a acercarse a él–. No lo entiendo.

Emma se aclaró la garganta. Ya había oído bastante. Los dos giraron la cabeza para mirarla. Carla hizo una mueca de fastidio y Dylan, bendito fuese, pareció sinceramente aliviado al verla. Le tendió la mano, para espanto de la otra mujer, y ella la tomó. Le sonrió y ella habló antes de que Dylan dijese algo.

—Dylan es mi prometido, Carla. Voy a casarme con él.

Carla se quedó boquiabierta y los miró alternativamente. Entonces, le dirigió una mirada penetrante al abdomen.

—Estás embarazada.

Dylan le rodeó la cintura con un brazo y la estrechó contra sí para respaldarla.

—Lo siento, Carla, pero no es tu asunto. Iba a hablarte de Emma y de mí.

—¿Cuándo? ¿En mi fiesta de cumpleaños? ¿La fiesta que ella debería organizar y supervisar?

Dylan era tan buen actor que sus ojos nunca se inmutaban. Que ella supiera, él no sabía nada de lo último.

—Dadas las circunstancias, eso ya no va a ocurrir. Espero que podamos seguir siendo amigos, Carla, nos conocemos desde hace mucho tiempo.

Carla, una vez más, hizo como si Emma no existiera, como si no estuviese abrazada a Dylan, y se dirigió directamente a él.

—No puedes decirlo en serio, Dylan. ¿Vas a casarte con ella?

—Claro que lo digo en serio, ¿desde cuándo no hablo en serio?

—Pero… Pero…

Emma tuvo que contener la risa porque nunca había visto que Carla no supiera qué decir.

—¡Me has engañado con ella! —exclamó Carla.

Dylan frunció el ceño con una mirada sombría y peligrosa.

–No vayas por ahí, Carla. Jamás he engañado a una mujer. Nuestra relación ha sido intermitente y estaba completamente apagada cuando tuve el accidente… y lo sabes.

Carla agarró aparatosamente su bolso y se marchó, pero se dio la vuelta antes de salir de la habitación y miró con furia a Emma.

–No durará, ya lo verás. Él lo hace solamente por el hijo.

Salió por la puerta principal y la cerró dando un portazo. Los dos se quedaron inmóviles.

Todos los temores de Emma se habían visto reflejados en la ponzoñosa declaración de Carla, y sintió un escalofrío. ¿Realmente podía casarse con Dylan? Entonces, él la miró, su expresión sombría se disipó y dejó paso a algo dulce y esperanzado. Sus ojos resplandecieron, la abrazó como si fuese muy valiosa para él, como si estuviese feliz de verdad, y la convenció. Había tomado una decisión y no soportaría perder a Dylan. Si existía la posibilidad de que tuvieran un porvenir juntos, ella iba a aprovecharla.

–¿De verdad vas a casarte conmigo? ¿No estabas diciéndolo porque sí? –le preguntó él.

–No fue la mejor manera de decírtelo, pero sí, voy a casarme contigo.

La sonrisa cálida de él templó los rincones gélidos de su ser que ponían en peligro su felicidad.

–Muy bien, de acuerdo, cuanto antes, mejor.

Entonces, la besó y todas las dudas se las llevó el viento. Se entregaría a él en ese momento, no se reprimiría. Estaba metida hasta el fondo y solo pensaría cosas positivas a partir de ese instante.

Dylan sacudió la cabeza después de abrazarla un buen rato.

—Siento la escena con Carla. No sabía que iba a venir.

—Estaba muy molesta, Dylan.

—Es muy teatrera y solo estaba molesta porque no se había salido con la suya. En el fondo, tenía que saber que habíamos acabado y la verdad es que no la he engañando ni contigo ni con nadie. Es importante que me creas.

—Te creo.

Las últimas semanas con Dylan le habían mostrado el hombre que era de verdad. A la prensa sensacionalista le gustaba presentar una imagen poco favorable de los famosos, pero ella no se creía, ni se creería, nada de lo que decían de Dylan McKay. Había presenciado que Dylan rechazaba a Carla y solo eso era una prueba para ella. Podía depositar su confianza en Dylan. Tenía que hacerlo porque iba a ser su marido.

Capítulo Ocho

Una corriente cálida que llegó del Pacífico le levantó el velo de novia en los escalones de la casa palaciega que Adam Chase tenía al borde de la playa. Estaba esperando la señal para recorrer el pasillo formado por pétalos de rosa, que también revoloteaban por la brisa marina.

Miró el grupo de familiares y amigos que habían asistido, no eran más de treinta. La discreta ceremonia estaba a punto de empezar. Estaba la madre de Dylan y, naturalmente, Brooke era su dama de honor, quien le había ayudado a ponerse el vestido color marfil. Wendy y Rocky también estaban, el representante de Dylan y sus vecinos más cercanos: Adam Chase, su esposa Mia y Rose, su encantadora hija, estaban sentados al lado de Jessica y su marido, la superestrella del country Zane Williams.

Adam había tenido la idea de celebrar allí la boda. El arquitecto ermitaño había ofrecido un sitio para la discreta ceremonia, un sitio que no conocieran los paparazis que hubiesen podido enterarse de la boda. Para sorpresa de todos, Carla no había divulgado ninguna habladuría desagradable, pero, aun así, Dylan se había empeñado en casarse enseguida. Para alegría de Brooke, Carla despidió inmediatamente a Parties-To-Go y no organizaron su fiesta de cumpleaños. Curiosamente, la programación del trabajo de Dylan solo les permitía casarse el mismo día que la fiesta.

Un cuarteto de cuerdas empezó a tocar la marcha nupcial y lo ojos se le empañaron de lágrimas. Sus padres adoptivos habían declinado la invitación y habían alegado que estaban enfermos, o lo que era lo mismo, un exceso de alcohol. Empezó a recorrer el pasillo sola, como siempre había hecho las cosas. Sin embargo, no le importaba, porque al final de ese pasillo blanco estaba el hombre con el que siempre había soñado casarse, Dylan McKay. Agarrando el ramo de lirios blancos y capullos de rosas rojas, cada paso que daba era un compromiso para que su matrimonio saliera bien, para formar la familia que nunca creyó que llegaría a tener. Siguió entre el pequeño grupo de invitados con los ojos clavados en Dylan. Cuando llegó, la tomó del brazo y la llevó hasta el oficiante, que los esperaba en el cenador que serviría de altar. Allí dijeron sus votos de compromiso.

Durante un minuto, a ella le entristeció que ninguno de los participantes hablara de amor eterno. Sin embargo, cuando los declararon esposo y esposa, Dylan le tomó la cara entre las manos y la besó con tanta pasión que se le olvidó cualquier sensación de tristeza. A partir de ese día, solo miraría al futuro. Lo había prometido, y él también.

–¡Familiares y amigos, os entrego al señor y la señora McKay! –exclamó el oficiante.

Se dieron la vuelta hacia los invitados y todos aplaudieron con ímpetu.

–Hola, señora McKay –comentó Dylan besándola otra vez.

–Dylan, me cuesta creerme que esto sea verdad.

–Es verdad.

Fue lo último que dijo Dylan antes de que los invitados los separaran y los bombardearan con felicitaciones. Brooke llegó corriendo y la abrazó con tanta fuerza que el velo se le inclinó por un costado de la cabeza.

—¡No puedo creerme que ahora seas mi hermana! Quiero decir, siempre hemos sido como hermanas, pero ahora eres de la familia. Es maravilloso. Déjame que te coloque el velo, es mi obligación como dama de honor.

Estaba colocándole el velo cuando se acercó Royce.

—Enhorabuena, Emma.

—Gracias, Royce. Me alegro muchísimo de conocerte por fin.

—Lo mismo digo, y en un día tan especial. Es un honor para mí que me hayáis invitado.

—Te agradezco que hayas venido. Brooke está muy guapa, ¿verdad?

Royce la miró. Brooke llevaba un vestido rojo sin mangas y atado al cuello con el corpiño decorado con lentejuelas. Había prometido que no se pondría nada negro y cuando las dos salieron de compras y vieron ese vestido, supieron que era el perfecto para ella. Su impresionante melena morena y ondulada le caía por la espalda y completaba el vestido.

—Sí, lo está.

—¿Ya has conocido a Dylan?

—No —contestó Royce—, pero estoy deseándolo.

—Está asustado —intervino Brooke con una sonrisa—. Conocer a mi famoso hermano mayor te da no se qué, ¿verdad, cariño?

—Bueno… Tengo que reconocer que me intimida un poco que sea una estrella tan…

—No te preocupes —le interrumpió Emma—. Dylan es un buen tipo, es inofensivo.

–Me alegra oírlo.

–No paro de decírselo –añadió Brooke–, pero tú sí que estás guapa, Emma. Pareces la novia más feliz del mundo y ese vestido… bueno, arrasas con él.

–Gracias.

–Sí, estás muy guapa, Emma –comentó Royce.

–Opino lo mismo –Dylan apareció de la nada y le tomó una mano–. Estás impresionante, Em.

Le dio un beso en la mejilla y jugó con un mechón que le colgaba del moño.

Brooke no esperó para presentarle a su novio. Los dos charlaron un rato y Brooke se quedó encantada porque parecía que se llevaban bien.

La madre de Dylan llegó unos minutos después e hizo un aparte con Emma.

–Emma, siempre te he considerado como una segunda hija, ya lo sabes. Has formado parte de nuestras familia desde que el primer día que Brooke te trajo a nuestra casa, pero no puedo llegar a explicarte lo feliz que soy porque Dylan y tú os hayáis casado –Katherine McKay la abrazó con fuerza–. Sé que vas a ser una esposa maravillosa para mi hijo y una madre maravillosa para mi primer nieto. Estoy muy emocionada por el bebé y si alguna vez necesitas ayuda o consejo, prométeme que me lo dirás.

–Se lo prometo, señora McKay.

–Sería un honor si me llamaras «mamá».

Los ojos se le llenaron de lágrimas. La idea era maravillosa y justo lo que necesitaba oír.

–Lo haré a partir de este momento.

–Me alegro, cariño –Katherine le dio un beso en la mejilla y le guiñó un ojo–. Ahora tengo que felicitar a mi hijo, ha elegido muy bien.

La cena se sirvió en la terraza después de que

141

se hicieran las fotos y se tomaran el cóctel de rigor. Una chimenea de piedra chisporroteaba y daba un mejor ambiente al día, ya bastante elegante de por sí. La boda había sido discreta, pero se habían cuidado todos los detalles. Brooke se había ocupado de los preparativos de última hora, y Dylan no había reparado en gastos. Para Emma, era una boda de ensueño. Adam Chase, el padrino de Dylan, hizo un brindis mientras el pinchadiscos empezaba a organizar sus cosas.

–Por mi vecino y buen amigo Dylan –levantó una copa de champán–. Que disfrutes de la misma felicidad que yo he encontrado en Mia y en mi hija Rose. También reconozco que hay que ser una mujer muy especial para que Dylan suba al altar, lo ha evitado durante muchos años. Por Emma, porque ha conseguido que Dylan sea un hombre como Dios manda.

Los asistentes se rieron y vitorearon. Todos, menos Emma, dieron un sorbo de champán. Ella prefirió sidra espumosa y se le bebió hasta la última gota. Entonces, Dylan le agarró una mano y le hizo un gesto a Zane. Para su sorpresa, el cantante country tomó su guitarra y se sentó en una silla que había en el frente de la terraza, cerca de las escaleras.

–Si no os importa, me gustaría dedicarle esta canción a mi amigo Dylan y a su esposa Emma. Se llama *Este corazón tan tozudo que tengo*. Dylan, puedes abrir el baile con Emma. Por cierto, no compuse la canción pensando en ti, pero si el río suena…

Los invitados, sentados a sus mesas, volvieron a reírse, y Dylan llevó a Emma a la pista de baile.

–¿Quieres bailar conmigo, corazón?

Zane empezó a cantar una balada muy sentimental y Dylan empezó a girar con ella entre los brazos. Se movía con elegancia y naturalidad y Emma no había sido más feliz en su vida, pero seguía pareciéndole irreal que se hubiese casado con el soltero más codiciado del planeta en una mansión a la orilla del mar y que una superestrella del country le hubiese dedicado una canción.

–Estás muy callada –comentó Dylan.

–Estoy… asimilándolo. No estoy acostumbrada a tanta…

–¿Atención?

–Todo es… perfecto.

Dylan la abrazó con más fuerza mientras acababa la canción y le susurró al oído.

–¿Perfecto…? Espera a esta noche.

Emma levantó la cabeza como impulsada por un resorte y miró a esos ojos increíblemente seductores y azules. Quizá eso de haberse casado con Dylan fuese a salir bien después de todo.

Una docena de velas iluminaban el dormitorio de Dylan, pero nada era tan brillante como el anillo de boda que le había puesto. El resplandor del diamante ovalado rodeado de diamantes más pequeños había hecho que se le saltaran las lágrimas. El olor a rosas perfumaba el ambiente y su ramo de la ceremonia también decoraba la habitación, y le recordaba, como si pudiera olvidarlo, que Dylan ya era su marido.

Él había conseguido que el día de su boda hubiese sido un sueño hecho realidad. En ese momento, lo miraba vestida de novia y se sentía como Cenicienta. Él, impresionante con su esmoquin, también la miró y sonrió.

–¿Estás preparada para el resto de tu vida?

–Sí.

–Has sido una novia guapísima, Emma –él le tomó las manos–, pero ya es hora de que te quite ese vestido y te convierta en mi esposa.

Su cuerpo empezó a vibrar por sus palabras y por lo que se avecinaba esa noche.

–Preparada.

Se quedó quieta mientras Dylan la rodeaba y le quitaba la diadema… hacía tiempo que se había quitado el velo. Fue desabotonándole los diminutos botones y notó el fresco en la espalda. Cuanto terminó, le bajó la tela de satén de los hombros y le besó la espalda y el cuello. Notó un cosquilleo seguido por el roce de sus manos al bajarle el vestido. Esa delicadeza despertó algo desenfrenado dentro de ella, aunque él se lo tomó con calma y tuvo cuidado con el vestido. Ella salió del vestido y él lo dejó sobre una butaca. Se quedó con las bragas de encaje blancas y él se acercó con un brillo azul en los ojos, se quitó la pajarita y la camisa blanca y se soltó la hebilla del cinturón.

Las punzadas de impaciencia la atormentaban por dentro. Lo habían hecho a la antigua usanza y no habían dormido juntos desde que ella aceptó casarse con él. En ese momento, toda esa avidez acumulada estaba a punto de explotar y no recordaba haberse sentido así jamás en su vida. Ni siquiera aquella noche, cuando se abalanzó sobre Dylan en el apagón e hicieron el amor alocadamente. Ya sabía la diferencia. Entendía por qué le parecía tan distinto y contestaba a una pregunta que le había dado vueltas en su borrosa memoria. Aquella vez había estado desesperada, había necesitado que un amigo le mitigara el miedo. Esa vez no había desesperación alguna, solo había pasión y deseo sinceros… y amor por su parte.

Dylan se arrodilló, le acarició el abdomen redondeado y luego se lo besó. Le tomó el trasero con las manos, apoyó la cabeza en el abdomen, se levantó y la abrazó con fuerza.

–Bienvenida a casa, Emma –la tomó en brazos y dio una vuelta–. Así tendremos que cruzar el umbral… –susurró él mientras le dejaba en la cama.

–Los umbrales están sobrevalorados –replicó ella mientras extendía los brazos hacia él.

Dylan se tumbó en la cama a su lado y volvió a besarla hasta que la cabeza le dio vueltas y lo anheló con cada célula de su cuerpo. Él le tomó los pechos con las manos y se los recorrió con la lengua. Emma se arqueó con los pezones endurecidos como si le pidieran más. Le rodeó el cuello con los brazos y le acarició la solidez y amplitud de sus hombros. Le pasó los dedos por el pelo rubio y, por primera vez, pudo decir que lo poseía tanto como él la poseía a ella.

–Ah… –gimió mientras él la lamía y su cuerpo se ponía en tensión.

Tenía que tocarlo, tenía que darle tanto como estaba recibiendo. Lo apartó, lo tumbó de espaldas, se puso encima, lo besó en los labios con las manos en el pecho y se maravilló por los latidos del corazón, que parecía que iba a explotarle dentro del pecho. Fue besándolo cada vez más abajo y él se contrajo y dejó escapar un gruñido cuando llegó alrededor del ombligo. No podía negarle lo que quería. Deslizó la mano por debajo de la cinturilla del pantalón y encontró la turgencia sedosa y poderosa.

–Emma…

La tomó en toda su extensión y la acarició rítmicamente. Dylan soltó el aire lentamente mientras las sensaciones más abrasadoras se adueñaban de ella. Le bajó la cremallera y el pantalón y él se quitó apresuradamente el resto de las prendas. Se quedó desnudo delante de ella. Era hermoso; era ancho donde tenía que serlo, musculoso y esbelto en el resto del cuerpo, como una estatua clásica. No podía creerse que Dylan fuese su marido. ¿Cómo había podido llegar a ser tan afortunada?

Siguió acariciándole el torso y bajó la cabeza para tomarlo y llevarlo hasta un punto donde los dos jadeaban con avidez. Los gemidos de Dylan la inspiraban para complacerlo más, hasta que la agarró de los hombros y la apartó.

–Suficiente, corazón…

Efectivamente, su expresión lo confirmaba. Su dominio de sí mismo era emocionante porque los dos estaban a punto de estallar.

La puso debajo de él y empezó a hacerle lo mismo, primero con las manos y luego con la boca. Los gemidos se le escapaban de los labios sin poder contenerlos hasta que llegó al límite. El clímax llegó incontenible, la deslumbró y la deshizo en mil pedazos, fue devastador, la cima del placer. Cuando volvió a aterrizar, Dylan la observaba maravillado. Ella no podía disimular que estaba inmensamente satisfecha, ni quería. Dylan era un amante experto y ella estaba compenetrada con él y su cuerpo.

Le acarició la cara y él le dio un beso en la palma de la mano. Introdujo el dedo índice en su boca y Dylan abrió los ojos, velados por una energía renovada que brotaba de él. No hubo que decir nada. Gruñó, se incorporó y se unieron al cabo de

146

unos segundos. Ya se había acostumbrado a sentirlo dentro, a esa acometida poderosa aunque lo hiciera despacio para no incomodarla. Él no podía ni imaginarse lo grato que era enfundarlo posesivamente y con veneración. Se había olvidado de sus miedos cuando estaba en la cama con él y se entregaba libremente.

Dylan lo notaba, y ella lo captaba en sus ojos. Nunca se cansaría de mirarlo mientras le hacía el amor, de ver la avidez, la pasión y el deseo desbordante reflejados en su rostro. Lo miraba y él la miraba, se movían al unísono, las acometidas ya eran más poderosas, la llenaban plenamente y volvían a colmarla de placer.

El gruñido gutural de Dylan retumbó en sus oídos. Se elevó todo lo que pudo y ella lo acompañó, se arqueó para aprovecharlo al máximo y explotaron.

Se quedó tumbada a su lado, en silencio, sintiendo esa aceptación plena, el cariño y la protección. Si Dylan no podía darle amor, sí podía darle eso.

Él le agarró la mano y entrelazó los dedos con los de ella.

—Mi esposa…

Fue como música celestial para ella.

—Mi esposo…

—Cuando termine la película, me gustaría llevarte de luna de miel, Em. Tengo una casa en Hawái o podemos ir a Europa… si la ginecóloga da el visto bueno. Si no, podemos ir por aquí cerca. Un amigo mío tiene una cabaña en un lago.

—Todo me parece maravilloso.

—¿De verdad?

—Sí. Me contento con cualquier cosa, Dylan.

Él se apoyó en un codo para mirarla y le tomó un mechón de pelo entre los dedos.

–Me encanta eso de ti, Em. Eres fácil.

–¡Oye!

Él se rio y fue un sonido ronco y rebosante de felicidad.

–Quería decir que eres fácil de trato... y divertida.

–¿Crees que soy divertida?

Él entrecerró los ojos y arqueó una ceja como si fuese el malo de una película.

–Muy divertida...

Le soltó el mechón de pelo y le pasó la yema del dedo por la punta de un pezón, que se puso duro como una piedra. Era muy fácil... Se inclinó, le besó los dos pechos y suspiró.

–Debería dejarte dormir. Tienes que estar cansada.

–No tanto...

Estar en la cama con él le daba energía y la excitaba como no lo había hecho nada en su vida. Le pasó la mano por el pelo y se alegró de poder hacerlo, de poder tocarlo siempre que quisiera.

–¿Estabas pensando algo? –añadió ella.

–Es mejor que no lo sepas –contestó él con una sonrisa maliciosa antes de abrazarla y taparlos a los dos–. Descansa, Emma. No voy a agotarte esta noche.

–Maldito...

Apoyó la cabeza en su pecho y cerró los ojos. Tenía toda una vida de noches como esa para pasarlas con Dylan. No podía imaginarse nada mejor.

Los destellos de los flashes casi los deslumbraron cuando se bajaron de la limusina para recorrer la alfombra roja del estreno de *Una luz distinta*, la comedia romántica de Dylan. Las preguntas empezaron nada más verlos.

–¿Quién es tu acompañante, Dylan?

–¡No nos has dicho nada!

–¿Vas a ser padre? ¿Es la madre de tu hijo?

Dylan le rodeó la cintura a Emma con un brazo y la estrechó con más fuerza. Estaba guapísima con un vestido de organdí hecho a medida que le había regalado él. El abultamiento del abdomen ya no podía disimularse, pero el estilo imperio del vestido y los colores florales resaltaban el embarazo y el tono de su piel de una manera maravillosa.

–Lo siento, cariño, pero mi vida es así.

–No pasa nada, Dylan, ya me lo habías advertido.

Él, egoístamente, había querido que Emma lo acompañara esa noche. Cada día era más difícil ocultar su matrimonio y la llegada de su hijo. Había hablado con su encargada de relaciones públicas y los dos habían decidido que esa noche, durante el estreno, sería el mejor momento para presentar a Emma como su esposa. Al menos, la prensa se enteraría por él y no tendría que elucubrar o inventarse mentiras para llenar las páginas.

Efectivamente, allí, en la alfombra roja, con una multitud reunida y la prensa delante, Dylan lo comunicó.

–Me gustaría presentaros a Emma McKay, mi esposa. Nos casamos la semana pasada con una ceremonia discreta en la playa. Emma y yo nos conocemos desde que vivíamos en Ohio. Además, me complace anunciaros que tendremos un hijo a principios de la primavera. Es una mujer increíble y los dos estamos apasionados por la idea de estar esperando un hijo.

–¿Es niño o niña? –gritó alguien.

—No lo sabemos todavía.

—¿Cuándo os casasteis?

—El sábado.

—¿Cuál es el apellido de soltera de Emma?

—Bloom —contestó Emma.

Dylan la miró con admiración. Ema no iba a dejar que él llevara todo el peso. Ella tendría que aprender a tratar con la prensa y podía empezar en ese momento. Los periodistas desviaron los micrófonos en su dirección.

—¿Qué se siente al haberse casado con el soltero más codiciado del mundo, señora McKay?

—Nunca lo había considerado así. Para mí, solo es Dylan. Su hermana y yo hemos sido amigas íntimas desde el colegio.

—¿Van a…?

—Por favor —Dylan levantó una mano—. Mi relaciones públicas emitirá un comunicado por la mañana y contestará a todas vuestras preguntas. La película está a punto de empezar y a mi esposa y a mí nos gustaría disfrutar juntos del estreno. Gracias.

Dylan, con guardaespaldas por delante y por detrás, avanzó entre la multitud con Emma a su lado. Su matrimonio secreto ya era cosa del pasado y sintió la pérdida en la boca del estómago. Le encantaba el anonimato y la intimidad de haber tenido a Emma para él solo durante esos días. La noticia ya estaría en las redacciones y sus vidas volverían a cambiar. La falta de privacidad era el precio de la fama y él lo pagaba con gusto, pero ya había que pensar en Emma, y en su hijo.

—Te has defendido muy bien, Em —le susurró él al oído.

—He improvisado.

—Como una mujer que sabe reaccionar.

Le tomó la mano y entraron en la famosa sala de cine. Era una de las últimas salas históricas de Los Ángeles. Tenía asientos de terciopelo rojo, paredes con escayolas y un telón inmenso.

–¿Qué te parece?

Ella lo miró todo con sus preciosos ojos verdes. Él quería que Emma sintiera la misma impresión que él. Llevaba el cine en la sangre. Estaba produciendo más películas y estaba pensando en dirigirlas en el futuro.

–Jamás había visto algo así, Dylan. Puedo imaginármelo en su época. Aquellas películas clásicas en esa pantalla tan grande, los actores, directores y productores que se sentaban aquí… Todo es… grandioso.

Él sonrió. Emma lo había entendido, era una mujer increíble. No había mentido a la prensa. Estaba enamorándose de ella y no le asustaba. Brooke le había dicho que Renee lo había desengañado para siempre, pero era posible que se hubiese necesitado una mujer como Emma para darse cuenta de que estaba completamente curado. Le dio un beso en la mejilla y ella lo miró.

–¿Y eso…?

–¿Un hombre no puede besar a su esposa porque sí?

Ella sonrió con el corazón encogido y él volvió a tomarle la mano.

–Vamos, señora McKay, hay peces gordos que están deseando conocerte. Creo que deberíamos pasar por eso antes de sentarnos.

–Estoy impaciente.

Él soltó una carcajada. Por el momento, estar casado con Emma era cualquier cosa menos aburrido.

Capítulo Nueve

–¡Ya he llegado, cariño! –exclamó Dylan al entrar en su casa el lunes por la tarde.

Siempre había querido hacerlo, pero en ese momento, cuando lo había hecho, su esposa no estaba por ninguna parte, aunque había llegado bastante pronto del rodaje. Miró el móvil y vio que le había mandado un mensaje de texto: *Llegaré un poco tarde, alrededor de las seis. Ando retrasada con el trabajo.*

Dylan se quedó chafado. Todos los días estaba deseando llegar a casa para estar con Emma. Se la encontraba haciendo ejercicios para embarazadas, ojeando un libro de nombres para niños o ayudando a Maisey a preparar una cena saludable para los dos. Además, cada día estaba más cerca de ser padre y ya estaba impaciente por serlo. Emma y él ya habían pensado cómo harían el cuarto del bebé, pero todavía faltaban dos semanas para que supieran el sexo.

–Emma no está –le saludó Maisey desde el pasillo que llevaba a la cocina–. He preparado la cena y está en el horno para que no se enfríe. Me iré a casa si no me necesitas.

–Gracias, Maisey. Claro, vete a casa. Saldré a correr un rato. Emma va a llegar un poco tarde.

–Entonces, buenas tardes –se despidió Maisey.

Él le despidió con la mano y subió las escaleras para cambiarse de ropa.

Unos minutos más tarde, estaba en la playa casi vacía y se puso a correr. Lo que había empezado como una tarea, un entrenamiento para su papel de marine, se había convertido en una costumbre que le gustaba. Las carreras le ayudaban a pensar y a resolver las escenas de la película que se le avecinaban y le permitían reflexionar sobre su vida. Le había pedido al guardaespaldas que se mantuviera a cierta distancia. En cualquier caso, le costaba seguir su ritmo y a él le encantaba la sensación de soledad en la playa.

La cabeza le funcionaba a cien por hora y pensaba en mil cosas una detrás de otra. Por ejemplo, pensó en la noche del apagón y lamentó no poder acordarse del último día que había pasado con Roy… Hasta que unas imágenes le aparecieron en la cabeza. Estaba en su casa bebiendo con su amigo Roy. Riéndose y hablando de la siguiente escena cuando sonó el teléfono. Era Emma. Estaba muy alterada y hablaba muy deprisa. Estaba bebida. Le había dicho que había un apagón en la ciudad. Él tenía las luces encendidas, el apagón no había llegado a la playa. Emma estaba buscando a Brooke para que fuese a buscarla. Él le dijo que no se moviera, que iría a donde estuviera.

Bajó el ritmo y se alegró de haber recuperado la memoria; de ver a Roy, que se parecía tanto a él que podrían haber sido hermanos; de recordar sus risas; de… de recordar que Roy se enfadaba con él, de que le decía que no estaba en condiciones de conducir, que se había bebido media botella de whisky, de que le pedía las llaves del coche y le decía que él iría a buscar a Emma…

La escena se repitió en su cabeza. Se había empecinado, pero cuando intentó levantarse para ir a por Emma, la habitación empezó a dar vueltas y volvió a sentarse.

Mierda.

Se paró en seco en la playa con los pies clavados en la arena. Las piernas no le sujetaban, eran como de goma. Cayó de rodillas con la cara entre las manos. Se vio a sí mismo dándole las llaves del coche a Roy. Las lágrimas le abrasaron los ojos. Había rezado para recuperar esas imágenes y, en ese momento, eran una maldición.

Aquella noche dejó que Roy fuese a recoger a Emma porque su amigo tenía razón, él no estaba en condiciones de conducir. Roy recogió a Emma, Roy hizo el amor con Emma aquella noche…

Al día siguiente, en el plató, justo antes de que Roy se montara en el coche, discutieron sobre Emma. Roy le contó lo que había pasado y que había dejado que las cosas se le escaparan de las manos. Él se había enfurecido y lo había acusado de haberse aprovechado de Emma. Minutos más tarde, el coche explotó con Roy dentro, fue como una bola de fuego y un poco de metralla lo alcanzó a él.

Clavó los dedos en la arena para no caerse del todo. Tenía la cabeza hundida y le daba vueltas a los pensamientos para intentar contradecir lo que sabía que era verdad. Entonces, una mujer se acercó a él, era la única persona que corría en la playa aparte de su guardaespaldas.

−¿Le pasa algo?

−No… Estoy bien. Solo necesito descansar un poco.

Hizo un gesto a Dan para que se quedara donde estaba. Esa mujer no era una amenaza, pero él no volvería a estar bien. Todo su futuro estaba desmoronado. El bebé que esperaba Emma no era suyo. Estaba casado, pero su esposa le había mentido. ¿Era todo una treta? ¿Le había engañado intencionadamente?

Tenía todo el cuerpo entumecido, desde el cuello a los dedos de los pies. Sin embargo, y desgraciadamente, tenía la cabeza muy nítida por primera vez desde hacía semanas y esa nitidez le retorcía las entrañas y le robaba la vida.

Recorrió la playa destrozado y cada paso que le acercaba a su casa era más lento, más desganado. Estaba más destrozado que cuando lo abandonó Renee, más destrozado que nunca en su vida.

Emma dejó el bolso en el sofá de la sala y fue a buscar a Dylan. Su coche estaba en el garaje y él tenía que estar en la casa. Estaba deseando verlo. Habían hablado de cómo iba a ser el cuarto de su hijo y había llevado unas muestras de pinturas azules, rosas, verdes y color lavanda. El sexo del bebé condicionaría el color y lo sabrían muy pronto. Al menos, podían ir reduciendo las alternativas si Dylan no estaba muy cansado y la ayudaba a elegir algunos.

A no ser que tuviera pensada otra cosa, como llevarla pronto a la cama. Últimamente, se habían acostado pronto muchas veces... para no dormir. Sonrió mientras iba asomando la cabeza por los cuartos del piso de abajo. Un olor delicioso la llevó a la cocina, abrió la puerta del horno y miró la comida que les había dejado Maisey. El aroma a pollo en salsa llenó el ambiente.

Cerró la puerta del horno cuando oyó que Dylan llegaba de la playa. Llevaba la camiseta de nailon ceñida y los pantalones negros de correr. El corazón le dio un vuelco, estaba impresionante.

–Hola –le saludó ella–. ¿Qué tal has corrido?

Dylan no contestó y fue a la barra de bar que había en la sala. Ella lo siguió y notó que andaba sin brío, que tenía los hombros caídos y estaba muy callado.

–Dylan, ¿te pasa algo?

Silencio. Ella esperó mientras él se servía un whisky carísimo y se lo bebía de un sorbo.

–¿Has tenido un mal día?

Entonces, la miró. Estaba pálido y tenía los ojos apagados. La miró de una forma desoladora.

–Podría decirse que sí. He recuperado la memoria.

–Pero eso es fantástico, ¿no? Es lo que estabas esperando.

–Siéntate, Emma –le pidió él en un tono gélido.

Le señaló el sofá y ella se sentó. Él se sirvió otra copa y se sentó enfrente de ella, como… como si necesitara mantener cierta distancia. El corazón se le aceleró y sintió un miedo que podía abrumarla. Había algo que iba muy mal.

–Lo recuerdo todo, Emma. La llamada que me hiciste la noche del apagón.

Ella asintió con la cabeza y parpadeó varias veces. Dylan tenía los dientes apretados y le costaba contener la rabia.

–Yo no acudí aquella noche –siguió él mirando la copa de whisky–. No fui yo, fue Roy.

–¿Qué quieres decir? Fuiste tú. Te llamé porque estaba buscando a Brooke y tú… tú…

Él negaba con la cabeza insistentemente.

–Aquella noche estaba bebiendo con Roy. Roy decidió que yo no estaba sobrio y que no podía conducir. Me quitó las llaves de la mano y fue a recogerte.

–No es verdad –replicó ella en un tono más agudo.

–Sí es verdad.

–Pero… Pero… eso significaría… Dylan, eso no puede ser verdad. ¡No puede ser verdad!

Emma se levantó de un salto. Dylan estaba equivocado, era imposible que eso fuese verdad. Dylan también se levantó con los ojos oscuros como la noche y duros como el pedernal.

–Es verdad. ¿Acaso lo niegas? ¿Vas a decirme que no te acuerdas de haberte acostado con Roy?

–Eso es exactamente lo que estoy diciéndote. No me acosté con Roy, jamás habría hecho algo así.

Dylan dio un sorbo de whisky y se lo tragó.

–Sin embargo, fue exactamente lo que hiciste. Te acostaste con Roy y cuando él murió, me dijiste que el bebé era mío.

–Yo… ¡No! No es verdad. Quiero decir, si lo hice, no sabía que era él. No lo habría hecho, yo no am…

–¿Qué, Em? –ella no reconoció esa voz implacable y amarga de Dylan–. ¿Sabías o no que estabas acostándote con Roy?

Los ojos se le llenaron de lágrimas cuando la verdad fue como una bofetada en su cara, pero lo que más le dolió fueron las palabras hirientes de Dylan. ¿Cómo podía asimilar lo que estaba diciendo Dylan? Ella creyó que aquella noche estaba haciendo el amor con Dylan. No se habría acostado con Roy ni por muy bebida y asustada que hubiese estado.

Sin embargo, se parecía tanto a Dylan que llegaba a engañar a sus admiradoras y había acudido en el coche de Dylan. Si tenía en cuenta el apagón y lo embotada que tenía la cabeza, podría haber sido Roy, pero no creyó en ningún momento que no era Dylan.

Sin embargo, Dylan no se lo creía y, probablemente, no se lo creería jamás.

Repasó aquella noche y todo lo que le había dicho aquel hombre para disuadirla. Que ella se había equivocado, que era un error… Cobraba sentido en ese momento porque no estaba pidiéndole a Dylan que se quedara con ella, había sido Roy desde el principio. Roy la había abrazado para consolarla y Roy había acabado cediendo cuando se empeñó en que hiciera el amor con ella. No era de extrañar que hubiese notado diferencias desde la primera noche. No había podido decir cuáles eran y lo había atribuido a que estaba bebida, pero ya entendía por qué le había parecido distinto hacer el amor con el Dylan del apagón y con el verdadero.

La verdad fue como un mazazo en la cabeza y el corazón, la verdad hizo que se le revolvieran las entrañas.

—Estoy esperando el hijo de Roy.

Emma lo dijo en un tono apagado, como si fuese a asimilarlo por decirlo en voz alta. Estaba temblando visiblemente, tenía los brazos caídos y las piernas le flaqueaban. Quería volver a sentarse y fingir que todo eso no estaba pasando, pero no podía. Reunió fuerzas, aunque se desangraba por dentro por la vida que podría haber vivido con Dylan. El maravilloso porvenir que había empezado a creerse se había evaporado para siempre. Debería haber sabido que su felicidad no duraría. ¿Cuándo había sido feliz de verdad? Solo últimamente, al trabajar con Brooke para poner en marcha la empresa.

—Me cuesta creérmelo.

Levantó la mirada preguntándose si habría alguna manera de encauzar eso, de conservar todo lo bueno que había conseguido por haberse casado con Dylan, pero se encontró con la mirada ceñuda e inflexible de él. La culpaba de todo eso, no la creía, creía que lo había traicionado.

Como Renee.

Nada más lejos de la realidad, pero daba igual. Lo veía en el gesto firme de su cara. En ese momento, Dylan tenía hielo en las venas y creía que ella lo había engañado. No sería la esposa de Dylan durante mucho tiempo más y tampoco recibiría ni un céntimo por el contrato prematrimonial que había firmado ante la insistencia del abogado de Dylan. No quería su dinero, solo había esperado que algún día recibiría su amor.

—Haré las maletas y me marcharé mañana por la mañana, Dylan. Dile a tu abogado que se ponga en contacto conmigo. No quiero nada de ti. Siento todo esto, lo siento más de lo que puedes llegar a imaginarte.

—Emma…

—No te preocupes por mí —se mordió el labio inferior y contuvo las lágrimas porque no quería la compasión de él—. Caeré de pie, como siempre. Los dos sabemos que te casaste conmigo solo por el bebé, y ahora que sabemos que el be… el bebé no es tu… tuyo…

No pudo terminar. Le habían arrebatado la felicidad de esperar un hijo de Dylan. Querría a su bebé, pero no conocería a su padre y nunca sabría lo que era el amor de los dos padres.

Dylan se quedó un buen rato en silencio y mirándola. Parecía como si se le hubiese pasado la rabia y hubiese dejado paso a algo parecido al dolor. Eso tampoco era fácil para él, pero, en ese momento, no lo compadecía. Estaba devastada hasta un punto que no podría haberse imaginado jamás.

–Me ocuparé de que no le falte nada al bebé.

Ella sacudió la cabeza con obstinación.

–Dylan, por favor, no. No necesito nada de ti en este momento. Me arreglaré sola. Adiós.

Emma se dio media vuelta y se dirigió hacia la puerta con la cabeza muy alta.

–¡Emma, espera!

Ella se paró con lágrimas en la cara y no se dio la vuelta.

–¿Qué…?

–Yo… Siento cómo han acabado las cosas.

–Lo sé. Yo también.

Dylan estaba sentado en su caravana, que también le servía de camerino en el estudio, y miraba los diálogos de la escena de la tarde. Se repetía las frases una y otra vez en la cabeza, pero no se le quedaban. Era como si estuviese leyendo jeroglíficos. No había podido concentrarse desde hacía dos días, desde que Emma hizo el equipaje y se marchó de su casa. Brooke le había contado que Emma había vuelto a su apartamento, y todavía le pitaban los oídos por el despiadado ataque de su hermana. Brooke había defendido a Emma y, más o menos, le había llamado majadero por haber dejado que se marchara de esa manera.

Había sido duro con ella, pero ¿podía saberse cómo era posible que una mujer hiciera el amor con un hombre y no supiese quién era? La idea le parecía disparatada, pero Brooke la había creído sin dudarlo y, según ella, un hombre digno de Emma también debería haberla creído. Eso le indicaba que era posible que no estuviesen hechos el uno para el otro y que el matrimonio hubiese sido un error desde el principio.

No podía dejar de repetírselo.

Había intentado convencerse de que había hecho lo que tenía que hacer al dejar que se marchara, de que no amaba a Emma, de que era una amiga, una compañera de cama y una esposa durante un rato, pero no podía negarse el motivo por el que se había casado con ella. El único motivo. Había creído que esperaba un hijo suyo y había querido ocuparse de los dos.

En ese momento, la pérdida le parecía monumental. Se había entusiasmado con la idea de ese bebé que había creído que era suyo y con la idea de ser padre. Había empezado a ver su vida de una manera distinta. Formar una familia siempre había sido un sueño, algo que quería en el futuro. En ese momento, el futuro era sombrío. Estaba más desorientado que nunca.

Echaba de menos a Emma y no solo en la cama, aunque eso era increíble. Echaba de menos volver a casa y ver sus preciosos ojos verdes y sus sonrisas. Echaba de menos la felicidad contagiosa de su rostro cuando hablaban del bebé y de su cuarto.

Ya había perdido todo eso.

Llamaron a la puerta de la caravana. Se levantó de la butaca de cuero negro y miró por la ventana. Era Jeff, uno de sus guardaespaldas. Abrió la puerta y se fijó en su cara y en la mano que tenía en el abdomen.

—Hola, Jeff. ¿Qué pasa? No tienes muy buen aspecto…

–Ha debido de ser por algo que he comido. Lo siento señor McKay. Ya he llamado a mi suplente. Estará aquí dentro de una hora.

–No te preocupes, Jeff, vete a casa. ¿Crees que puedes conducir?

–Sí. Esperaré a que llegue Dan.

–Ni hablar. No puedes tenerte de pie. Vete a casa y cuídate. Aquí ya hay servicio de seguridad. No va a pasarme nada y tu suplente llegará enseguida. Lo has dicho tú mismo.

–No debería…

–Vete, es una orden.

Jeff acabó asintiendo con la cabeza y se alejó. Él tomó el guion y volvió a sentarse. Tenía que aprenderse las frases o todos tendrían que quedarse hasta pasada la medianoche. Cerró el paso a todo lo que le rondaba por la cabeza, se concentró en la escena y repitió las palabras una y otra vez hasta que se las grabó por fin. Cerró los ojos, como hacía siempre, para hacerse una idea de la escena, dónde estaban sus marcas y los movimientos que tendría que hacer.

Le llegó el olor punzante a humo y se acordó al instante del día de la muerte de Roy. Recordaba con claridad la explosión y el humo, hasta el punto que revivía ese momento cada vez que se encontraba con un grupo de personas fumando durante un descanso.

Se lo quitó de la cabeza para repasar una vez más los diálogos antes del ensayo. Sin embargo, la garganta empezó a escocerle y tosió repetidamente. Entonces, se dio cuenta de que una nube gris se dirigía hacia él desde la parte trasera de la caravana. Un segundo después, vio las llamas que salían del dormitorio. El fuego saltó a la cama y a las perchas del armario. Todo el dormitorio ardió en cuestión de segundos. Fue corriendo a la puerta de la caravana y giró el picaporte. La puerta se abrió unos centímetros, pero algo la bloqueaba desde fuera. Empujó con todas sus fuerzas, pero no pasó de ahí. Se asomó a la ventana y gritó para pedir ayuda.

Toda la parte trasera de la caravana estaba en llamas, el calor era sofocante y el humo le asfixiaba. Buscó algo para romper la ventana de la cocina. Agarró el galán de noche y empezó a golpear la ventana que había encima del fregadero con todas sus fuerzas hasta que hizo añicos el cristal y se lanzó con la cabeza por delante, como le había enseñado Roy.

Aterrizó en la gravilla y se llenó los pulmones con aire puro. Consiguió levantarse para intentar alejarse de allí antes de que todo volara por los aires. El equipo de rodaje ya había visto el incendio y se acercaba corriendo. Dos de ellos le agarraron de los brazos y le arrastraron lejos de la caravana. También se oían sirenas a los lejos.

–¿Estás bien? –le preguntó uno de los técnicos.

–Dylan, di algo –le pidió el ayudante de dirección.

–Estoy… bien…

–Señor McKay –intervino otra voz–, vamos a llevarlo a algún sitio más seguro. Agárrese.

Cuando estuvieron a unos quince metros de las caravanas, extendieron una manta en el suelo y lo tumbaron. Sangraba por algunos cortes y tenía la ropa rasgada por haber saltado por la ventana. Todo olía a humo y a cenizas. El paramédico del estudio llegó enseguida y lo examinó. Le pusieron una máscara de oxígeno.

–Tranquilo, respire despacio –le aconsejó el paramédico–. Salió justo a tiempo. Creo que no le ha pasado nada.

Dylan intentó incorporarse, pero volvieron a tumbarlo con delicadeza.

–Espere. No se ha quemado, pero sí tiene abrasiones en los brazos y las piernas y se ha golpeado la cara. Está llegando una ambulancia.

–Alguien ha intentado matarme –gruñó él.

–Eso parece. Las caravanas no arden solas. Además, ya hemos visto que habían bloqueado la puerta con una viga. La policía también viene de camino.

–No puedo creerme que no me llamaras anoche –estaba quejándose Brooke al lado de su cama en el hospital.

La preocupación era lo único que le impedía soltar toda su ira. La noche anterior, después del incendio, lo habían llevado allí escoltado por la policía para limpiarle las heridas y tenerlo en observación, pero no había llamado a su hermana hasta esa mañana. Ella no tenía por qué preocuparse y dejar de dormir por eso, pero tuvo que llamarla antes de que la historia saliera en los noticiarios de la mañana.

–Dylan, hay una vigilancia policial espantosa en la puerta de tu habitación. He tenido que quedarme casi en bragas para poder entrar.

–He tenido que ser muy divertido –comentó él guiñando el ojo que no tenía amoratado.

–Ja, ja, ja… Al menos no has perdido el sentido del humor, pero esto es serio, hermanito. Estás vendado de arriba abajo, no quiero perderte…

Le tomó la mano y se la apretó.

–Yo tampoco quiero perderme… En serio, encontrarán a quien lo haya hecho, Brooke. Tiene que ser alguien que puede entrar en el recinto del estudio.

–Eso lo reduce a unas mil personas más o menos –replicó ella con el ceño fruncido.

–No va a pasarme nada, Brooke. Esta tarde me marcharé a casa con escolta policial.

Dylan se dejó caer en la almohada. En cierto sentido, estaba decepcionado porque Emma no se había presentado. ¿Se lo había contado Brooke? No podía preguntárselo porque su bienintencionada hermana le soltaría un sermón. Emma se enteraría enseguida si leía un periódico, se conectaba a Internet o encendía la televisión.

Alguien quería matarle. ¿Sería un admirador enloquecido? ¿Sería un lunático que quería quince minutos de fama? ¿Sería alguien que él conocía? Se estremeció solo de pensarlo. ¿Quién lo odiaba tanto como para querer matarlo?

Los investigadores de la policía lo habían interrogado exhaustivamente y él les había contado todo lo que había pasado ese día, pero, desgraciadamente, seguía sin tener ni idea de quién podría querer asesinarlo.

–Llamé a Emma y le conté lo que te ha pasado –comentó Brooke en un tono desafiante–. Es tu esposa, Dylan, y tiene derecho a saberlo. Al menos, no se enterará por las noticias. Está bastante afectada.

–No quería hacerle daño, Brooke.

Sin embargo, eso era lo que le había hecho. Estaba embarazada y era su esposa, y debería haberla tratado mejor de como la había tratado aunque el hijo no fuese suyo. Quería verla, que acudiese y él se consolara solo de ver su precioso rostro, y eso hacía que se lo cuestionara todo.

—Por favor, Brooke, dile que estoy bien y que puede hablar conmigo cuando quiera, pero, en serio, lo mejor es que Emma y tú os mantengáis alejadas de mí hasta que se sepa quién está detrás de todo esto.

Brooke abrió la boca para oponerse cuando entró la enfermera.

—Es la hora de ver cómo está y de comprobar su vendaje, señor McKay —comentó la enfermera—. Si no le importa salir de la habitación, por favor… —le pidió a Brooke.

—Claro. Hasta luego, Dylan —se despidió su hermana mandándole un beso con la mano—. Cuídate.

Dylan estaba en casa a las cinco de la tarde. Lo primero que tenía que hacer era repasar todo el correo electrónico de sus fans de los últimos meses. Le había pedido a Rochelle que volviera a leer las cartas cuando empezó a haber sospechas sobre el accidente de Roy, pero en ese momento, cuando estaba seguro de que había alguien que quería acabar con él, se sentó detrás de la mesa de su despacho para leer todas y cada una. Entonces, le sonó el móvil.

—Hola, Renee.

—Dylan, gracias a Dios que estás bien. Me he enterado de lo del incendio en el estudio.

—Estoy bien, no me ha pasado nada.

—Dylan, me gustaría equivocarme, pero creo que sé quién va a por ti.

—Sigue —le pidió Dylan dando un respingo.

—Mi exmarido está loco. Quiero decir, Craig ha perdido el norte últimamente. Lleva meses intentando quedarse la custodia de mis hijos. Hace unos meses, irrumpió en casa gritándome. Se ha enterado de que has estado mandándome dinero para ayudarnos, y cree que no puede conseguir a los chicos por el dinero. Dylan, no puedo asegurarlo con certeza, pero, como sabrás, él… él tiene experiencia en el cine y ha trabajado de especialista. Podría estar trabajando en el estudio y te odia.

–¿Por qué me odia aparte de por el dinero?

–Creo que siempre ha estado celoso de ti. Sabe nuestra historia, Dylan, y… y se le metió en la cabeza que sigo enamorada de ti, que lo comparaba contigo y siempre salía perdiendo. No lo sé… Es posible que lo hiciera. Siempre me he arrepentido de cómo acabaron las cosas entre nosotros, pero nunca me imaginé que él podría llegar a este extremo. Como he dicho. No puedo estar segura, pero mi intuición me dice que está implicado.

–De acuerdo, Renee. Quédate donde estás. Llamaré a la policía y querrán hacerte algunas preguntas… y gracias.

–Claro. No podría soportar que te pasara algo. Ten cuidado, Dylan.

–Llamó al investigador y le transmitió la información sobre Craig Lincoln. También le dio la dirección y el teléfono de Renee y al inspector le pareció una buena pista. Esperaba que Renee hubiese acertado y que capturaran a Lincoln. Un hombre así podría ser peligroso para ella y para sus hijos.

Dylan se pasó una mano por la cara.

Necesitaba beber algo. Se dirigió hacia el bar y uno de los guardaespaldas entró en la casa para acercarse a él.

–Tenga, señor McKay.

Dan le dio el correo del día. Dylan ni siquiera podía salir para recogerlo él mismo. Estaba atrapado en su casa, era un prisionero a expensas de un asesino. El estudio había suspendido el rodaje hasta que terminara la investigación.

–Gracias.

Se sirvió un whisky y Dan volvió a salir afuera. Fue con el correo a la mesa de la cocina y se sentó. Entre publicidad y facturas, se encontró una carta sin sello ni dirección, solo ponía «McKay» en el sobre. Contuvo la respiración. Debería hacérsela llegar al investigador Brice, pero eso podría tardar horas. Podría no ser nada o… Abrió el sobre con las manos temblorosas y desdobló una nota.

Me arrebataste mi familia y ahora yo te arrebataré la tuya.

Se quedó helado y mirando las palabras amenazantes. El miedo se adueñó de él, pero le dio vueltas a la cabeza en todas direcciones hasta se paró en seco. Emma. Su esposa podía estar en peligro y Brooke, su hermana, también. Tenía que ponerse en contacto con ellas.

–¡Dan! ¡Jeff! ¡Venid aquí!

Capítulo Diez

Emma estaba en la oficina de Parties-To-Go y hacía cálculos para una boda. Eran más de las cinco, pero prefería estar allí que en su solitario apartamento. Se movía como un robot, sin su entusiasmo habitual, y había mandado a casa a Wendy y a Rocky. Necesitaba trabajar sin distracciones. Habían estado mirándola con lástima y preocupación durante toda la tarde. No sabían que había roto con Dylan, solo se lo había contado a Brooke, pero sus empleadas no eran tontas y, naturalmente, se habían enterado de que habían intentado matar a su marido. Ella estaba preocupadísima por Dylan y lo echaba de menos. Se había pasado parte de la noche en el hospital esperando que le dijeran algo de él. Una vez que supo que estaba bien y se repondría plenamente, respiró con alivio y se marchó de la sala de espera.

Se llevó una mano al abdomen, cerró los ojos y… ¡el bebé dio una patada! Se pareció más al aleteo de una mariposa que a una patada de verdad, pero el corazón le dio un vuelco de alegría. Era increíble y absolutamente milagroso, un milagro que habría que compartir y conservar como oro en paño. Volvió a acordarse de Dylan y de lo contento que estaba cuando creía que iba a ser padre.

No podía darle más vueltas a lo que ya no iba a suceder. Estaba sola y tenía que centrarse en el hijo que estaba esperando. A partir de ese momento, ya no estaría completamente sola.

Oyó algo en la puerta de atrás. Alguien estaba intentando entrar. Se levantó con el corazón acelerado e hizo un repaso mental. Wendy y Rocky se habían marchado a casa y Brooke tenía una cita especial con Royce. Oyó más ruidos, como si alguien estuviese empujando la puerta con todas sus fuerzas. Miró alrededor, tomó un bate de béisbol infantil que se habían olvidado en alguna fiesta y fue hasta la puerta justo cuando se abría de par en par.

–¡Brooke! Me has dado un susto de muerte.

–Lo siento. Esa maldita cerradura se engancha. Tenemos que arreglarla.

–No esperaba a nadie. ¿No deberías estar con Royce esta noche?

Brooke cerró la puerta y miró el bate que tenía Emma en la mano. Entonces, ella se fijó en la expresión descorazonada de su amiga.

–¿Qué pasa? –preguntó Emma con un nudo en la garganta–. ¿Le ha pasado algo más a Dylan?

–Dylan está bien. He hablado tres veces con él. Ha salido del hospital y tiene escolta policial en su casa. Sus pulmones no han sufrido ningún daño y las heridas son superficiales. Me ha dicho que quería descansar, que lo dejara tranquilo, vamos, y he captado la indirecta.

–Me alegro, pero está completamente solo. ¿Está vigilándolo la policía?

–Tiene dos guardaespaldas las veinticuatro horas del día, y ya sabes que le pusieron vigilancia alrededor de la casa. Me ha dicho que no me preocupe.

–¿Cómo no vas a preocuparte? Intentaron matarlo.

–Lo sé, me altera –Brooke le quitó el bate de la mano–. También te ha alterado a ti.

–Sí, claro, todo esto es aterrador.

Brooke tomo aire. Tenía los ojos rojos, fue al despacho y se sentó. Emma hizo lo mismo.

–¿Qué haces aquí? ¿No deberías estar con Royce? –le preguntó Emma.

–Royce y yo hemos terminado.

–¿Qué quieres decir? –preguntó Emma con las cejas arqueadas por la sorpresa.

–Lo he dejado, Em.

–¿Por qué?

–Me entusiasmé cuando Royce me dijo que quería darme algo especial –Brooke suspiró–. Pensé que sería la llave de su casa, incluso, un anillo. Eché a volar la imaginación, él sabe lo que he pasado este mes con Dylan… y, efectivamente, lo utilizó. Me dijo que sabía que estaba preocupada por mi hermano y que, seguramente, él tendría tiempo a su disposición porque habían suspendido el rodaje. Entonces…

–¡No me lo creo!

–Créetelo. Me dio tres guiones para que Dylan los leyera, unos guiones que eran su orgullo. Me dijo que les había dedicado dos años de trabajo y que sabía que iban a encantarle a Dylan, que querría producirlos y protagonizarlos cuando los hubiese leído.

–Brooke… Lo siento, has debido de sentirte…

–Dolida y pasmada. Eso es lo que me fastidia. Creí de verdad que el único en quien podía confiar, que no quería intimar conmigo por mi hermano. Quiero decir… llegué a pensar… Bueno, no debería sentir lástima de mí misma. Sobre todo, delante de ti.

–¿Quieres decir que yo tengo un problema mayor que el tuyo? –Emma se inclinó y sonrió sin ganas a Brooke–. ¿Eso es lo que estás diciéndome?

—No. Sí. Ya sabes lo que quiero decir.

—Lo sé, que las dos estamos desoladas en este momento.

—Sí, pero no voy a dejar que ese majadero me destroce la vida. No voy a desmoronarme.

—¿Lo prometes?

—Bueno… a lo mejor un poco… —contestó Brooke con la voz temblorosa.

Emma le tomó una mano y se quedaron así unos minutos intentando no llorar.

—¿Sabes una cosa? —preguntó Brooke—. Deberíamos salir. Hay un pase especial de *El diario de Noah* en el cine Curtis. Si vamos a llorar, que sea por nuestra película para chicas favorita. Vamos a verla y luego podemos cenar algo, como en los viejos tiempos.

—Me gusta la idea. Nada de deprimirse.

—Apagaremos los móviles y pasaremos una noche sin preocupaciones.

—¿No deberías interesarte por Dylan? —le preguntó Emma.

—Lo haré cuando haya terminado la película. ¿Trato hecho?

—Trato hecho —contestó Emma con el ánimo un poco levantado por primera vez desde hacía dos días.

—Maldito tráfico. Tenía que ser el momento más ajetreado del día…

Dylan estaba sentado en el asiento del acompañante y Dan intentaba abrirse paso entre los coches de camino al apartamento de Emma.

Después de haber hablado con el investigador Brice sobre el anónimo amenazante, le habían ordenado que se quedara en casa, pero no había aguantado más de media hora. Tenía los nervios de punta y no podía quedarse de brazos cruzados mientras las vidas de Emma y Brooke podían estar en peligro. Ninguna de las dos contestaba al teléfono, y sus empleadas le habían confirmado que esa noche no tenían trabajo. Les había dejado infinidad de mensajes en los contestadores de sus casas y de la oficina y tampoco le habían contestado los mensajes de texto.

Entonces, le había ordenado a Dan que se pusiera al volante del todoterreno negro y que Jeff los siguiera en otro coche igual. La primera parada fue en casa de Emma. Ya debería haber vuelto del trabajo. Estaba anocheciendo y un nubarrón tapaba la poca luz que quedaba. Estaba seguro de que Emma estaba en peligro. Ese malnacido Lincoln no podía hacerle nada a él, después de haberlo intentado dos veces, y en ese momento iba a por su esposa embarazada, a por Emma.

Pensó en ella y en el hijo que esperaba nada más leer la nota. El bebé y ella eran su familia. Ese bebé era el hijo de su mejor amigo, no tenía la culpa de nada y se merecía que lo quisieran. Estaba avergonzado de sí mismo por haberle dado la espalda al hijo de Roy. Había estado ofuscado, se había sentido igual de engañado y traicionado por Emma que por Renee. Se habían paralizado sus sueños y sus esperanzas y había arremetido contra la injusticia, pero Emma no había hecho nada. Lo creía en ese momento, aunque, en el fondo, siempre había sabido que Emma no recurriría a ese tipo de engaño. ¿Acaso se le había endurecido tanto el corazón que no reconocía el amor verdadero cuando lo tenía delante de las narices? ¿Había hecho falta que amenazaran la vida de Emma para que se diera cuenta de lo que significaba para él?

Estaba enamorado de ella y no podía ni imaginarse la mera idea de que pudieran hacerle algo a Emma y a su bebé.

—Deprisa, Dan, no puedo permitir que le pase algo.

Dan aparcó en la calle cuando llegaron al edificio de Emma y él abrió la puerta del coche.

—¡Espere! —le ordenó Dan—. Podría ser una trampa.

Jeff llegó corriendo para impedirle que se bajara.

—Entonces, ¿qué vamos a hacer?

—Lo acertado sería esperar a que llegue la policía —contestó Jeff.

—Ni hablar. Piensa otra cosa.

Sonó su móvil y contestó inmediatamente.

—Dylan, soy yo.

—Brooke, he estado intentando ponerme en contacto contigo. ¿Estás bien?

—Sí, estoy bien.

Dylan se bajó del coche mientras escuchaba la melodiosa voz de su hermana.

—¿Qué haces? ¿Está Emma contigo?

—Sí, estoy con Emma, pero primero dime si tú estás bien. Me he asustado al ver una docena de llamadas perdidas tuyas. Tus mensajes decían que Emma y yo estamos en peligro.

—Sí, podríais estarlo. El malnacido que intentó matarme me ha mandado una nota diciéndome que viene a por mi familia. ¿Estás segura de que Emma está bien?

—Bueno, lo estará. Estábamos en el cine y empezó a sentirse débil. Cuando la miré, se había quedado blanca. La llevé directamente a urgencias. Estamos en Saint Joseph.

Dylan dejó de respirar. Si Emma perdía el bebé, no se lo perdonaría. Los amaba a los dos con toda su alma.

–¿Qué le pasa, Brooke? No será el bebé, ¿verdad?

–El bebé está bien. Emma ha estado sometida a mucho estrés últimamente. No ha comido casi, bueno, ha estado alterada y ha llorado. Está deshidratada. Podría haber sido peligroso, pero lo hemos atajado a tiempo. Están metiéndole muchos líquidos y el médico dice que va a ponerse bien.

–De acuerdo –Dylan se pasó una mano por la cara con alivio–, llegaré dentro de unos minutos. Además, voy a llamar al investigador Brice para que le pongan vigilancia en la puerta. No te vayas del hospital por ningún motivo.

–No hará falta –Dylan oyó un gruñido, se dio la vuelta y vio al investigador Brice con cara de pocos amigos–. ¿No entiende lo que se le dice, McKay? Ha estado a punto de tirar por tierra toda la operación al venir aquí.

–Brooke –dijo Dylan al teléfono–, te llamaré dentro de un segundo. Quédate con Emma –colgó el teléfono sorprendido por la aparición de Brice–. ¿Qué quiere decir?

–Teníamos vigilado el apartamento desde esta mañana, y la casa de su hermana también, por precaución. Efectivamente, encontramos a Lincoln esta noche merodeando por el patio. Ahora está detenido y no podrá volver a hacer nada a nadie.

Se abrieron las puertas del patio y vio al hombre que había matado a Roy. Le hirvió la sangre. Ese era el hombre que había intentado matarlo dos veces y que estaba esperando el momento de atacar a su esposa embarazada. Estaba esposado, flanqueado por dos policías y seguido por otros tres. Solo quería encontrárselo en igualdad de condiciones para machacarlo. Se acercó un paso y Brice se interpuso, poniéndole una mano en el pecho.

—McKay, no sea necio.

—¡Hijo de perra! —Lincoln lo vio y los ojos se le salieron de las órbitas—. ¡Destrozahogares! ¡No te mereces vivir! —Lincoln estaba fuera de sí y los policías intentaban contenerlo—. ¡Crees que puedes arrebatarme a mi esposa y a mis hijos! ¡Crees que puedes arruinarme la vida! ¡Lo lamentarás!

Otros dos policías agarraron a Lincoln y lo metieron en el coche patrulla que había aparcado detrás del todoterreno de Jeff.

—Mató a Roy —Dylan sacudió la cabeza.

—Pagará por ello y por todo lo que ha hecho —replicó Brice.

—Sí…

—Está trastornado, pero algo lo desencadenó. Dijo por teléfono que su exesposa lo llamó.

—Sí, fue quien ató cabos después de que viera los titulares con el intento de matarme. No sé gran cosa de ella, salvo que estuvimos unidos y que últimamente estaba pasando muchos apuros económicos, que intentaba criar a sus hijos y mantener a su ex alejado de ellos. He estado mandándole dinero para que pudiera dar de comer a sus hijos, ese ha sido mi delito, por eso me odia él.

—Va a pasar mucho tiempo a buen recaudo —Brice dio unas palmadas a Dylan en la espalda—. Ya se ha acabado, McKay, puede seguir siendo un superhéroe, pero en el cine —añadió el investigador con una sonrisa burlona.

–Solo quiero que una persona me considere eso.

Y, desgraciadamente, era la persona a la que había hecho más daño.

–¿Hemos acabado? –añadió Dylan.

–Voy a necesitar su declaración –contestó Brice.

–¿Puedo declarar más tarde? Acabo de enterarme de que mi esposa está en el hospital y quiero verla lo antes posible.

–Lo siento –Brice resopló–. De acuerdo, vaya a ver qué tal está su esposa. Los dos se han librado por los pelos recientemente. Espero que esté bien.

–Gracias –Dylan estrechó la mano del investigador–. Le agradezco lo que ha hecho por mi familia. Su equipo ha hecho un trabajo extraordinario.

–Es nuestro trabajo de todos los días. Las cosas se tuercen algunas veces, pero esto ha salido a la perfección. Hoy no ha habido heridos, estoy orgulloso de ellos.

Dylan dejó al investigador y fue a hablar con sus guardaespaldas. Los despidió para el resto de la noche, les dio las gracias por su ayuda y le explicó que quería ver a Emma él solo. Necesitaba tiempo para pensar por el camino. Le pidió prestadas la gorra y la enorme sudadera gris a Jeff para camuflarse.

Llamó a Brooke cuando iba hacia el hospital y le contó toda la historia. Su hermanita estuvo a punto de desmoronarse y él no pudo reprochárselo. Lo que había pasado parecía sacado de una película muy mala, pero todos estaban a salvo. Le dijo que no se moviera, que llegaría enseguida.

Cuando llegó al camino de entrada del hospital, seguía dándole vueltas a lo mismo. ¿Cómo iba a resarcir a Emma? Estaba convencido de que era el responsable de que estuviese en el hospital. No había comido bien y había estado muy alterada porque la había juzgado mal y había llegado a pensar que no podía volver a amar plenamente.

Una vez en el hospital, encontró a Brooke en una sala de espera. Lo miró, se levantó de un salto y se abalanzó entre sus brazos con lágrimas en los ojos.

—Dylan... pensar lo que podía haberte pasado, y a Emma. Estoy hecha un manojo de nervios.

—Lo sé, lo sé –la abrazó con fuerza–. Ya se ha acabado todo, Brooke. La policía lo ha detenido y no va a volver a hacer nada a nadie.

—Asesinó a Roy.

—Sí... –Dylan tendría que vivir con ese remordimiento el resto de su vida–. ¿Qué tal está Emma? Tengo que verla, Brooke. Tengo que decirle... Bueno, tengo que verla.

Brooke se apartó, sollozó y lo miró con los ojos entrecerrados. Había tardado muy poco en convertirse en una gallina clueca.

—Está dormida. Le han dado un somnífero y se quedará aquí toda la noche. Tiene que descansar y, sobre todo, no puede tener más desdichas en su vida... por prescripción facultativa.

—Eso está resuelto, hermanita.

—¿Seguro? No puedes jugar con ella, Dylan. No es tan fuerte como parece. Ha tenido una vida complicada y...

—Brooke, sé lo que necesita mi esposa.

Brooke esbozó una sonrisa y sus ojos perdieron el brillo desafiante.

—¿Y vas a ocuparte de que reciba todo lo que se merece?

—Sí. He sido un necio y pienso rectificarlo, pero

voy a necesitar tu ayuda. ¿Estás dispuesta a ayudarme a que recupere a mi esposa?

—¿Va a costarme su amistad?

—No, incluso, podría darte un punto para ser la madrina del bebé.

—Venga, dímelo. Eso ya lo tengo en el bote.

—¿Aun así me ayudarás porque me quieres?

—Sí, hermano mayor, te ayudaré porque os quiero a Emma y a ti.

Emma estaba sentada en su despacho, se llevó una mano al abdomen y dio gracias a Dios porque el bebé se desarrollaba según lo previsto. No podía volver a asustarse como se asustó la noche que fue al cine con Brooke, no podía dejar que los sentimientos la afectaran tanto. Ya comía bien, bebía litros de agua y daba paseos todos los días. En general, se sentía fuerte. Ya no le asustaba tanto afrontar el futuro. Se adaptaba bien y estaba aprendiendo que la vida que estaba gestándose dentro de ella le estimulaba la fuerza más íntima.

—Acaba de llegar esto para ti —Brooke se acercó con un florero lleno de gardenias—. Me encanta cómo huelen.

—Tu hermano tiene buena memoria —Emma admiró las flores que Brooke había dejado en la mesa—. O eso o tiene mucha intuición. Son mis flores favoritas. No se lo habrás dicho tú, ¿verdad?

—No —Brooke negó con la cabeza—. Ha debido de acordarse de que siempre le preguntabas a mamá si podías cortar una gardenia para ponértela en la cabeza. La llevabas hasta que las hojas se ponían amarillas.

Emma sonrió por el recuerdo.

—Es cuando el olor es más dulce.

Dylan había tenido un detalle todos los días desde su estancia en el hospital. El día que le dieron el alta le había mandado una cesta con aceites y lociones y un vale para una docena de masajes con una nota que decía: «Lo siento». El día siguiente había recibido toda una variedad de frutas que formaban una cigüeña. Esa vez, la nota decía: «Perdóname». Ese mismo día había recibido las flores y tomó la nota con las manos temblorosas. No se había quitado a Dylan de la cabeza, ni mucho menos.

Quería verla para disculparse, pero ella no estaba preparada todavía. Necesitaba tiempo y fuerza y cerciorarse de que el bebé estaba progresando otra vez. Le daba miedo que se le desgarrara el corazón otra vez si veía a Dylan. Afortunadamente, él no había insistido en visitarla porque Brooke lo había disuadido.

Brooke ya había vuelto a su mesa. Era bastante raro que no curioseara ni preguntara qué estaba pasando, pero a ella también le habían roto el corazón. Ya no creía en el amor y las dos eran las desengañadas andantes.

La nota decía: «Te echo de menos». Los ojos se le llenaron de lágrimas. Los regalos empezaban a ser un poco excesivos. ¿Por qué la torturaba de esa manera? ¿Acaso no sabía que necesitaba olvidarse de él? Él le había robado el alma y el corazón y ella estaba intentando recuperarlos por todos los medios.

Según Brooke, la noticia de la captura del acosador había llegado a los titulares y Dylan no había vuelto a trabajar todavía. La investigación había cerrado el estudio durante unos días. Sus admiradores se habían enfurecido por el intento de asesinato y la policía había decidido que lo mejor era que fuese discreto durante un tiempo. Los helicópteros sobrevolaban su casa, los periodistas se amontonaban en la puerta y los paparazis intentaban sacarle alguna foto. Se había refugiado en su mansión de Moonlight Beach y su relaciones públicas había emitido un comunicado en el que daba las gracias a la policía por su eficiencia y a sus admiradores por su apoyo, mientras pedía a la prensa que respetara su privacidad en esos momentos complicados.

Emma también había sido motivo de… interés y como esposa recién separada de Dylan, su vida había trascendido al público muy deprisa. No hablaba con la prensa y Dylan le había asignado a Jeff para que la acompañara todos los días al trabajo, en definitiva, para que la protegiera. Le parecía muy raro tener guardaespaldas, pero agradecía el gesto. Nadie se había acercado a ella gracias a Jeff. Ese día se había sabido otra historia igual de jugosa y escandalosa y esperaba que se olvidaran de Dylan y ella durante un tiempo.

Esa tarde estaba trabajando en la fiesta de jubilación de un hombre que se jubilaba a la temprana edad de noventa y cuatro años y le cedía el timón a su nieto. La fiesta estaría llena de invitados de todas las edades y Brooke y ella trabajaban sin descanso para satisfacer a las tres generaciones que iba a asistir.

Brooke dejó de mirar la pantalla del ordenador un instante.

—¿Sigues dispuesta a ir a la cita con el director de *Zane's on the Beach* esta noche?

—Sí, allí estaré.

—Muy bien, tiene un hueco alrededor de las ocho y repasaremos los detalles de la fiesta con él.

Nos veremos allí porque ahora tengo que hacer unos recados.

–Claro, Jeff y yo estaremos allí.

–Sabes que es por tu bien –Brooke puso los ojos en blanco–. Dylan está acostumbrado a que los periodistas lo persigan, pero tú, no.

–Los periodistas se han retirado. Seguramente, Dylan estará llevándose la peor parte.

–Puede sobrellevarlo. La prensa lo adora. Sobre todo, ahora. Desde el intento de asesinato, andan con pies de plomo e intentan darle el espacio que necesita.

–Eso espero, por él.

Había vivido un tiempo en el mundo de Dylan y no pasaba ni un segundo sin que alguien lo mirara embobado o, directamente, intentara acercarse a él para tocarlo.

–Yo también –añadió Brooke–. Lo quiero y estaré eternamente agradecida porque ese malnacido no le ha hecho nada. Ojalá…

–¿Ojalá qué?

–Nada –ella bajó la cabeza sumisamente–. Tengo que marcharme –Brooke agarró el bolso y le dio un beso en la mejilla a Emma–. Hasta luego, Em.

Emma cerró a las cinco en punto, salió por la puerta de atrás y se encontró a Jeff esperándola al lado del coche. Ella bajó la cabeza e hizo un esfuerzo para no fruncir el ceño.

–Voy a casa a cenar algo. Luego, tengo una cita.

–Muy bien. Le acompañaré a casa. ¿A qué hora tiene que salir otra vez?

–A las siete y media. Quiero que coma algo antes de que vuelva. ¿Lo promete?

Él asintió con la cabeza y esbozó una sonrisa un poco boba.

Una vez en casa se preparó una ensalada, se sentó en el sofá con los pies en la mesa, encendió la televisión y vio el noticiario hasta que salió un reportaje sobre el hombre que intentó matar a Dylan. Apagó la televisión al instante y sacudió la cabeza. Ya sabía todo lo que quería saber sobre Craig Lincoln, el homicida exesposo de Renee.

Después, fue al dormitorio, se desvistió y se metió en la ducha. No se había dado cuenta de lo cansada que estaba hasta que sintió el agua caliente en los huesos. Dejó que el agua la aliviara.

Después de la ducha, se puso un vestido negro y blanco con un cinturón amplio por encima de la cintura. Ya no podía disimular el embarazo. Un jersey corto y blanco y unos zapatos de tacón bajo color cereza completaron la imagen semiprofesional. Luego, se maquilló ligeramente y se pintó los labios con un discreto color rosado.

Salió del apartamento a las siete y media en punto y Jeff ya estaba esperándola. ¿Cuánto tiempo había estado haciendo guardia en la puerta de su apartamento? Prefería no saberlo.

–Hola otra vez –le saludó ella.

Jeff se puso firme y le miró el vestido con un brillo de aprobación en los ojos. Le comunicó a él adónde quería ir.

Llegó al restaurante poco antes de las ocho. No había visto el coche de Brooke en el aparcamiento y esperó hasta las ocho en punto, pero no hubo ni rastro de su amiga.

Se bajó del coche y Jeff fue detrás de ella. Ya estaba oscuro y las únicas luces eran las del aparcamiento y la de la luna llena. El murmullo del mar le recordaba al tiempo que había pasado con Dylan como su esposa y suspiró. La tristeza se adueñó de ella, pero no tenía tiempo para compadecerse de sí misma, tenía que reunirse con un cliente.

Jeff echó una ojeada a los alrededores mientras se acercaba a ella.

–Tengo que encontrarme con mi socia, pero como ya son las ocho, será mejor que entre para empezar la reunión.

–La acompañaré adentro.

–¿Es necesario?

–Me sentiré mejor –contestó él con una sonrisa.

Ella también sonrió por la respuesta.

Jeff le abrió la puerta del restaurante. Emma entró y se le paró el pulso. Cientos de velitas iluminaban el espacio vacío.

–Hemos debido de confundirnos de fecha. Parece como si fueran a celebrar una fiesta… –le comentó a Jeff.

Él no contestó y ella se dio la vuelta, pero Jeff se había esfumado. El corazón se le aceleró de repente y estaba a punto salir corriendo cuando vio una figura entre las velas. Era un hombre con un esmoquin oscuro, el pelo rubio y unos ojos azules que podían derretirle el alma.

–Hola, Emma, estás muy guapa.

Ella tenía una mano en el cuello y no sabía cómo había llegado hasta allí.

–Dylan…

Él sonrió con un brillo en los ojos y se acercó a ella, que se mordió el labio inferior para intentar entender todo eso. Entonces, cuando él le tomó una mano y la apretó como si su vida dependiera de ello, ella empezó a creer que sabía qué significaba todo eso.

–He sido un necio.

–¿Por qué lo dices?

–Ven.

La llevó a una mesa para dos con vistas a Moonlight Beach. Un centro con rosas y gardenias olía maravillosamente.

–Como has podido adivinar, no tienes una reunión, solo tienes una cena conmigo.

Ella parpadeó una y mil veces.

–¿Tú has organizado esto…?

Él asintió con la cabeza y sonrió, aunque fue una sonrisa titubeante, muy distinta a la sonrisa segura de sí misma que solía esbozar Dylan.

–Conozco al dueño…

Zane Williams, claro.

–Además, quería hacerte algo que fuese tan especial como tú, Emma.

–Yo no soy tan especial –susurró ella.

–Sí lo eres para mí. Para mí, eres todo lo que he deseado en mi vida y no lo he sabido hasta que he podido perderte, por ese perturbado. Me dominó el pánico cuando creí que podías correr peligro y mi espesa cabeza se aclaró por fin. Estaba dispuesto a hacer cualquier cosa para que no te pasara nada.

–Jeff me contó que estabas dispuesto a jugarte la vida por mí.

–¿Jeff…? Bueno, es verdad. La idea de que pudiera pasarte algo hizo que me diera cuenta de que mi vida, mi éxito y todo lo que tengo no significarían nada si no estabas a mi lado… tú y el bebé. He sido muy egoísta, Emma. Solo pensé en lo que había perdido al descubrir que estabas esperando el hijo de Roy, pero no me paré a pensar en lo que estaba ganando… hasta que casi te perdí.

–Nunca corrí peligro de verdad.

–No, aquella noche, no, pero si Renee no me hubiese avisado, la cosas podrían haber sido muy distintas. Él me amenazó con tu vida. Seguramente, no habría parado hasta… No puedo ni pensarlo.

—Pues le agradezco a Renee que atara cabos.

—Sí, se lo debo y la mejor manera de pagárselo no es mandándole dinero. Un amigo mío tiene un trabajo para ella de secretaria personal. Va a volver a trabajar y está encantada. Tiene un buen sueldo y podrá volver a levantar la cabeza y a mantener a su familia.

—Dylan, es maravilloso, estás dándole una segunda oportunidad.

—Eso espero.

—Eres un buen hombre, Dylan.

—¿Lo bastante bueno como para que tú me des una segunda oportunidad?

—Es posible —contestó ella en voz baja—. Después de que atentaran contra tu vida, fui al hospital pero hice que Brooke me prometiera que no te lo diría. Quería verte como fuera, pero no quería alterarte y me quedé fuera hasta que supe que no iba a pasarte nada.

—Yo también quería verte y esperaba que fueses.

—No me pareció prudente.

—Emma, siento haberme portado así. Debí haber impedido que me dejaras. Dejé que te marcharas de mi casa embarazada y sola para afrontar un futuro incierto. Espero que puedas perdonarme por haber sido tan obtuso y egoísta.

—Creo que ya te he perdonado, Dylan. No podía guardarte rencor cuando tu vida corría peligro y yo también he cometido errores. No debería haber perdido la cabeza, no debería haber bebido tanto aquella noche que ni siquiera me enteré de lo que estaba haciendo. Te dije que el hijo era tuyo y es natural que te defraudara enterarte de la verdad. Sinceramente, siento que te doliera.

–Disculpas aceptadas. Ahora, ha llegado el momento de dejar atrás esos errores y de mirar hacia delante –entonces, Dylan hincó una rodilla en el suelo–. Emma, esta vez quiero hacerlo bien. Te amo con toda mi alma y amo al hijo que esperas, al hijo de mi mejor amigo. Espero que criemos juntos al bebé y…

–¡Espera! –Emma levantó la mano y la expresión esperanzada de Dylan se desvaneció–. ¿Podrías repetir eso?

–¿Lo de que te amo con toda mi alma?

–Eso.

–Es verdad, Emma, te amo. Creía que no volvería amar. Después de Renee, era más fácil tener relaciones esporádicas con mujeres. No había riesgo ni daños. Supongo que era una manera de protegerme para no volver a sentir ese dolor. No pongo excusas, pero, para mí, enamorarme era imposible mental y sentimentalmente, no quería saber nada de eso. Sin embargo, todo cambió cuando entraste en mi vida. De repente, tenía delante todo lo que había querido. Lo vi gracias a un apagón y a un bebé. No puedo imaginarme la vida sin ti y el bebé. Sois mi familia y veo un porvenir maravilloso para nosotros. Por eso, corazón, ¿me harías el favor de volver a casa conmigo, de ser mi esposa y la madre de nuestro hijo? Propongo que sigamos casados y nos amemos hasta el fin de los días. ¿Podrías hacerlo?

Lágrimas de felicidad le cayeron por las mejillas. La propuesta de Dylan era lo que había deseado siempre. Lo amaba indescriptiblemente. ¿Cómo no iba a amar a ese hombre con la verdad reflejaba en sus humildes ojos azules?

–Puedo y lo haré. Te amo, Dylan, y quiero vivir toda la vida contigo. Es lo que he querido siempre.

Él, con la rodilla hincada todavía, le acarició el abdomen abultado y se lo besó. Su amor se hacía evidente por la devoción con la que hablaba del bebé, y de su amor hacia ella. Ella ya creía en su amor, creía en su porvenir.

Entonces, se levantó con la mirada velada por las lágrimas.

–Te amo, Emma, y a nuestro hijo. Lo más que puedo hacer es prometerte que compartiré mi vida contigo y que intentaré que mi familia sea feliz todos los días. ¿Es suficiente?

–Más que suficiente –susurró ella.

La rodeó con los brazos y le dio un beso largo y profundo en la boca. Cuando terminó, a ella le daba vueltas la cabeza y solo podía pensar en una cosa. Por fin lo había conseguido, después de habérselo pedido en secreto para ella, de haberlo deseado, y él también la había conseguido a ella… y ya no sería un secreto nunca más.

Su jefe necesitaba una esposa...

UN AMOR
SIN PALABRAS

Lucy Monroe

Descubrir que su jefe, el magnate Andreas Kostas, tenía intención de casarse fue un golpe devastador para Kayla. Pero entonces Andreas le propuso que fuera ella quien llevase su anillo de compromiso.

Seis años atrás, Kayla había experimentado el incandescente placer de sus caricias y había escondido su amor por él desde entonces.

Era la proposición que siempre había soñado, pero ¿se atrevería a arriesgar su corazón sabiendo que Andreas no creía en el amor?

Acepte 2 de nuestras mejores novelas de amor GRATIS

¡Y reciba un regalo sorpresa!

Oferta especial de tiempo limitado

Rellene el cupón y envíelo a

Harlequin Reader Service®
3010 Walden Ave.
P.O. Box 1867
Buffalo, N.Y. 14240-1867

¡Sí! Por favor, envíenme 2 novelas de amor de Harlequin (1 Bianca® y 1 Deseo®) gratis, más el regalo sorpresa. Luego remítanme 4 novelas nuevas todos los meses, las cuales recibiré mucho antes de que aparezcan en librerías, y factúrenme al bajo precio de $3,24 cada una, más $0,25 por envío e impuesto de ventas, si corresponde*. Este es el precio total, y es un ahorro de casi el 20% sobre el precio de portada. ¡Una oferta excelente! Entiendo que el hecho de aceptar estos libros y el regalo no me obliga en forma alguna a la compra de libros adicionales. Y también que puedo devolver cualquier envío y cancelar en cualquier momento. Aún si decido no comprar ningún otro libro de Harlequin, los 2 libros gratis y el regalo sorpresa son míos para siempre.

416 LBN DU7N

Nombre y apellido	(Por favor, letra de molde)

Dirección	Apartamento No.

Ciudad	Estado	Zona postal

Esta oferta se limita a un pedido por hogar y no está disponible para los subscriptores actuales de Deseo® y Bianca®.
*Los términos y precios quedan sujetos a cambios sin aviso previo.
Impuestos de ventas aplican en N.Y.

SPN-03   ©2003 Harlequin Enterprises Limited